中日字詞趣談

中文，日文，傻傻分不清？

あ ア

陳志誠 著

中華書局

目錄

你的國字 我的漢字

日本人過新年

國字是 這樣創製的

度量衡的學問

從睡覺開始 認識身體

美味和食

咬文嚼字

漢字東傳及其對中日詞語發展的影響

中日兩國的語言，系統不同，結構有異，但同樣採用漢字來書寫。中國固然是漢字發明和創製的母國，但日本也長久在使用着。究竟漢字是甚麼時候東傳至日本的呢？實在很難斷定。從歷史的記載來説，開展中日關係的人物應該是秦始皇時的徐福，可是，徐福是真的到了日本嗎？也實在不好說。關於徐福其人其事，最早出現在《史記》之中。《史記》提到徐福的地方，有〈秦始皇本紀〉和〈淮南衡山列傳〉；此外，〈封禪書〉亦有相關的記事，但沒有提及徐福之名。另外，這些記事之中，都沒有確切地説明，徐福所到之地就是日本。要是徐福果真到了日本的話，那麼，漢字早在秦初便已登陸日本了。

不過，即使徐福沒有真正到達日本，但秦漢之際，仍有不少中國移民從中國大陸移居日本。他們當中有經朝鮮半島，也有直接前往日本的。隨着他們的移居，漢字在公元前二百年左右已登陸日本，應該是很有可能的事，只是當時應用的範圍並不太普及而已。

直到八世紀初，日本才出現正式使用漢字記述自己歷史的書籍，第一本是公元712年寫成的《古事記》，第二本是公元720年寫成的《日本書紀》。這時的日本，仍然是只有語言，沒有文字的。不過，既然整本書籍可以用漢字書寫來記述，可反映當時日本人對漢字的運用已相當成熟，漢字在日本也漸漸得到普及。

根據《日本書紀》的記載，應神天皇（OOJIN TENNOO，公元270-310年）年間，朝鮮半島的百濟王曾派遣名叫阿直岐（ACHIKI）的人到日本，史書說他「能談經典」，應神天皇的太子菟道稚郎子（UJINO WAKIIRATSUKO）曾拜他為師。其後，阿直岐推薦學問比自己更高的王仁（WANI）到日本，菟道稚郎子又以他為師，「學習諸經籍、莫不通達」。至於比《日本書紀》還早八年完成的《古事記》，描述得更為具體，說王仁上貢《論語》十卷，《千字文》一卷，共十一卷。假使這段記載是確切的話，那麼，漢字最晚在公元三、四世紀之時便已東傳至日本。

以上所說的，都是書面的紀錄或傳說。一個更具體的證據是乾隆四十九年（公元1784年，日本天明四年）在九州福岡縣志賀島出土的「金印」，上面寫着「漢委（倭）奴國王」的字樣。根據專家學者的考證，那就是《後漢書．倭傳》所記「建武

「漢委（倭）奴國王」金印

中元二年，倭奴國王奉貢朝賀，……光武賜以印綬」中的「印綬」。漢光武中元二年是公元 57 年。換言之，於公元初便有漢字傳至日本，而且還有實物為證。由於日本並沒有本身的文字，估計當時中日兩國甚至日本本地的文書往來都使用漢字。不過，也許在日本草擬這些文書的，總有些是從中國而來的「渡來人」、「歸化人」。

根據《古事記》和《日本書紀》所載，漢字在日本的使用，雖然可以遠溯至公元三、四世紀之間，但應該到了五世紀之後，才漸次廣泛起來。除了聖德太子（SHOTOKU TAISHI）制定的冠位十二階、憲法十七條之外，那時也有多次派遣官員、學者、僧人作為遣隋使、遣唐使來中國。他們在大量吸收中國文化的同時，自然也令漢字的使用得到進一步的普及。到《古事記》、《日本書紀》寫成之時，漢字已經成為他們吸收知識的重要媒介。

由於中日兩種語言無論在語言系統、語言結構都並不相同，日本人對漢字的使用，自然也跟我們不一樣。總括來說，日本人利用漢字的主要方法，大致有下列幾個方面：

1、利用漢字的形、音、義三方面，換言之，就是漢字的直接沿用。特別是一些不屬於日本本身固有的事物，或是在日語中難以理解的，就只好形、音、義直接沿用了。例如「仁」、「義」、「道德」、「龍」、「國家」之類，日語便依照漢語近似的發音讀成JIN、GI、DOOTOKU、RYUU、KOKKA等就是。

2、利用漢字的形和義，不用其音，以表現日本的固有詞彙。例如「草原」(KUSAHARA)、「海苔」(NORI)、「山川」(YAMAKAWA)、「高枕」(TAKAMAKURA，安睡、高枕無憂) 等就是。另外，一些並非漢語用語的日語漢字詞彙像「若草」(WAKAKUSA，嫩草)、「年寄」(TOSHIYORI，老人)、「刺身」(SASHIMI，魚生)、「枝豆」(EDAMAME，毛豆) 等也屬於此類。

3、利用漢字的形和音，不用其義。換言之，即用漢字作為表音之用，單從字面看，是無法得知其意義的，必須對日語有所認識，才會了解它要表達的意思。例如「也末」(YAMA) 是「山」的意思，跟「也」和「末」字義無關。「都斯馬」(TSUSHIMA) 是「對馬島」，跟「都」和「斯馬」都無關。「彌己等」(MIKOTO) 是對古代神或貴族的敬稱，大多加在姓名之後，亦與這三個字的意義無關。「目出度」(MEDETAI) 是可喜的意思，也無關乎這三個字的意義。用作表音的漢字，稱為「真假名」(一般的漢字，稱為「真名」)，也稱「萬葉假名」(《萬葉集》是日本現存最早的和歌集，其中不少和歌都會利用漢字作為表音的符號，因此有這個叫法)。其後，再由萬葉假名發展出日語特有的「平假名」和「片假名」來。

4、利用漢字的形和音不用其義的「萬葉假名」，約在奈良時代（公元 710-793 年）較為普遍使用。但這種將漢字作為表音用的方法，到底有其缺點：第一是漢字同音字多，如果漫無標準的隨便採用，就會造成混亂；其次是漢字屬於表義文字，表義性比較強，若捨其義而取其音，用起來也不方便，因為讀文章的人不易判斷哪些漢字當作「真名」，要了解其意義；哪些當作「真假名」，只取其音。因此，後來只好將作真假名用的漢字寫細些，以示區別。然而，這做法仍未解決其基本上的問題，於是「萬葉假名」不得不再作改變，由省略、歸納、改進而成為「平假名」和「片假名」。平假名相傳是由日本曾留學於唐的著名學問僧弘法大師空海（KUUKAI，公元 774-835 年）創製的，由漢字的草體演變而成。片假名則相傳是由曾留唐很久的留學生吉備真備（KIBINOMAKIBI，公元 695-775 年）所創，採用漢字的正楷偏旁或其中一部分製成的。兩者在現代日語中各司其職，已成日本語的字母，但追源溯始，也可說是利用漢字演化或簡縮而成的。

5、利用漢字來創造日式漢字詞彙，即雖然是用漢字來書寫，但屬於日語的詞語，和漢語無關。例如「立派」（RIPPA，華麗）、「割合」（WARIAI，比例）、「株式」（KABUSHIKI，股票）、「波止場」（HATOBA，碼頭）之類就是。

6、利用漢字的造字原理，創製出日本本身特有的漢字，稱為「國字」（KOKUJI）。由於不是漢語的用字，我們看來，會覺得字形比較古怪而陌生。像「躾」（SHITSUKE，教養）、「俥」（KURUMA，人力車）、「榊」（SAKAKI，常綠樹）、「畑、畠」（HATAKE，乾田、旱地）、「峠」（TOOGE，山嶺）、「込」（KOMU，進入）、「凧」（TAKO，風箏）等就是。

7、為了應用上的方便，日本也跟我們一樣，創製了一些日式簡化字，像国（國）、伝（傳）、円（圓）、広（廣）、囲（圍）、仏（佛）、仮（假）、価（價）、払（拂）、売（賣）、駅（驛）、浜（濱）、竜（龍）、弁（辨、辯）、台（臺）、声（聲）、乱（亂）、辞（辭）等都是。其中有些跟我國簡化字相同，彼此有相通之處。

漢字東傳以後，無論把它作「真名」用也好，利用它發展出日本本身的「假名」也好，對於日本文化、文明的發展都帶來了巨大無比的影響，漢字直至今天依然具有強大的生命力。那麼，作為漢字文化圈的母國，中國是否沒有受益呢？不是的，日語對現代漢語發展的影響非常大。尤其是詞語方面，要是沒有借用日本近現代的詞語或外來譯詞，漢語肯定不會呈現現在的面貌。

現代漢語非常流行而又習用的詞語，例如手續、場合、立場、取消、市場、廣告、見習、組合、民主、細胞、批判、抽象、具體、積極、消極、幹部、主觀、客觀、政黨、分配、肯定、否定等詞語固然借自日本，就是一些構詞法的詞尾如國際化及多元化的「化」；方程式、西洋式的「式」；關節炎、氣管炎的「炎」；生產力、表現力的「力」；可能性、原則性的「性」；科學的、公開的的「的」；教育界、出版界的「界」；性感、優越感的「感」；要點、出發點的「點」；人生觀、世界觀的「觀」；戰線、生命線的「線」；方法論、結論的「論」；效率、使用率的「率」；演繹法、辯證法的「法」；以至心理作用、同化作用的「作用」；人口問題、社會問題的「問題」；石器時代、鐵器時代的「時代」；封建社會、奴隸社會的「社會」；帝國主義、社會主義的「主義」；無產階級、資產階級的「階級」等組成的詞或詞組，都是從日語借來的，可見我們受益之大。（詳細的資料，可參閱王立達〈現代漢語中從日語借來的詞彙〉一文，原載於 1958 年 68 期《中國語文》，後收入《中日文化交流史論文集》，人民出版社，1982；馮天瑜的《新語探源》，中華書局，2004；以及沈國威的《近代中日詞匯交流研究》，中華書局，2010。）

我國古代向日本輸出漢字，近現代則從日本輸入不少漢語詞語。一方面可以視為日本對我們所作的文化回饋，另一方面也可作為文化交流史上互惠互利發展的結果。

正如上文所説，中國是發明和創製漢字的母國，而日本則是使用漢字歷史最悠久的國家。從漢字運用的角度來説，兩者關係非常密切，彼此甚至可説是我中有你，你中有我，可資研究的範圍甚為寬廣，值得探討的課題也極多。這本小書，僅就中日一些慣常習見的字詞為例，談談彼此運用上的異同，以引起讀者的注意和興趣而已。清朝大學問家錢大昕曾著有《恆言錄》一書，對漢語中的成語和方言作出考證，追溯源流所自，將詞語分為十九類，詞條計共八百餘。其後繼之而有陳鱣的《恆言廣證》，對錢書又有所補充。兩書寫來嚴謹而又深具學術性，自非作者這本小書可比。唯一相同的，是同樣都跟恆常用語有關，顯見這方面的課題，仍有其值得一談的價值。

至於本書的內容，部分在上世紀六十年代中曾刊於《東方日報》教育版的「字趣」專欄，那是應時任該版編輯的研究生柯萬成君之邀而寫的，亦有小部分曾於亞洲電視播出。現在都略加整理，裒輯成一集以付梓。而此書之能出版，多蒙舊同事劉衞林教授之薦介，中華書局副總編輯黎耀強先生的首肯，編輯部郭子晴小姐及其同事的悉心策劃與安排，將文章分成若干主題，加插附圖，為枯燥的文字增添趣味和姿采。劉教授學生陳璦平、林劍穎、鄺綺華等幾位同學替我將報章文稿輸入電腦，所有這些，都是我要衷心感謝的！

猫咪咪咪篇

從《子貓物語》談起

某年暑假期間，片商推出了一套以動物為題材的日本電影，卻並非一套描述動物情態和生活狀況的知識性紀錄片，而是以一隻小貓在大自然中成長的過程作主線，發展成一套具有人情味的、人格化了的動物故事片。我不打算在這裏述說影片內容，我只想借片名《子貓物語》四個字來談談一些跟中、日語言文字有關的問題。

一望而知，雖然這四個字都是漢字，卻不是我們平常習用的漢語，而是日語。為甚麼片商不改作我們較為熟悉的漢語名字呢？是它難以翻譯嗎？是找不到更貼切的漢語詞彙來表達影片內容嗎？都不是的。保留原名的最大理由，除了可以使人馬上知道這是一套日本電影之外，恐怕還在於這四個字人人識讀，卻可以產生新鮮感，易於引起人們追看的興趣。要是改了個平常慣用的漢語片名，反而失去了那種「不太平凡」的感官效果。然而，我們不禁要問：為甚麼可以有這樣的效果呢？這就涉及語言文字的問題了。

原來日語跟漢語雖然是兩種系統不同的語言，但在書寫上，同樣主要使用漢字，我們即使完全不懂日語，但

在閱讀日文文件或報刊時，往往可以看到一些我們熟悉的字詞，甚至可以猜出它們的意思。不過瞎猜是很不妥的，雖然有不少日語漢字的意思跟漢語一樣，但差別很大甚至完全不同的也不少。我在後文裏打算先談談這方面的問題，讓完全不懂日語的讀者也可多了解一些，作為參考。

一樣的「子」和不一樣的「子」

「子貓物語」四個漢字，顯淺易讀，孤立地逐個字看，沒有甚麼難懂之處。不少人明白它的近似意思是「小貓的故事」，可是在漢語中，我們不會把「小貓」叫作「子貓」，也不會將「故事」說成「物語」——除非有一天，這兩個日語詞彙的影響竟廣及漢語的用詞範圍內，自然又當別論。事實上，近代漢語詞彙有不少正是源自日語的外來詞。不過，這是另一個問題。現在要談的，是「子貓物語」四個漢字在日語中的一些意義、用法和相關知識。先從「子」字說起吧。

「子」字在日語中讀音比較多，大部分意義跟漢語用法相同，除了像「子貓」中的「子」作「動物幼小者」的解釋外，其他意義包括：作為「子丑寅卯……」十二地支之首、十二時辰之首；作為生肖中的「老鼠」

代用字；作為「經史子集」四部書籍分類之一；作為「公侯伯子男」五等爵之一；以至其他如作為利息解、作為「你」解、作為子女解等等，都是受漢語中「子」字意義和用法所影響。

不過，有一個用法可以特別注意。在古代漢語中，「子」能作男子敬稱用，像孔子、孟子、莊子之類，日本人自然也跟我們一樣稱其為孔子、孟子、莊子，但在日本本土，「子」卻少用於日本男性學術人物的尊稱上。到了近代，「子」反而用作一般女性的名字，像我們所熟悉的《阿信的故事》主角田中裕子、歌星松田聖子等，都有「子」字居尾。這種用法在日本相當普遍，可說是跟漢語中「子」字用法最明顯的不同。

男「子」？女「子」？

「子」字在日語的意義和用法相當多，跟別的字搭配而構成的詞語更不少，較為常見的像子女、子孫、父子、才子、遊子、君子、男子、女子、種子、子夜，以至作接尾詞用的帽子、椅子、金子等，絕大部分都源自漢語，意思和用法也跟漢語相同。

至於以「子」作為名字，那是無分男女，不論中日都有的。可是，特意將「子」字添附於女子名字末尾，且成為普遍用法，便只有日語才是如此，漢語可沒有這種習慣。中國古代稱孔子、孟子為「子」，只是對男子的敬稱，並非名字，更不會特別以「子」作女性名字。由於在日本這種用法太普遍了，幾乎無女非「子」，以致我們一看到日本人名字中有「子」字居尾的，便會立時聯想名字的主人定是一位女性。某年曾經有一份頗具地位的報章竟然把日本歷史上一位名人「小野妹子」（ONONO IMOKO）誤作女性而鬧出了笑話。當然，又是「妹」，又是「子」，在日本男子名字中，確屬少有，容易使人產生錯覺。可是，只要稍為留意一下日本史或中日關係史，便不該鬧出這個笑話。

小野妹子是日本古代聖德太子（SHOTOKU TAISHI）派遣到隋朝的著名使者，對日本的唐化運動和中日文化交流影響深遠。他在中國時曾用過「蘇因高」這個漢式名字，但「小野妹子」四字亦見於香港出版的中學歷史教科書中，應不算陌生。

子子子子是很多子嗎？

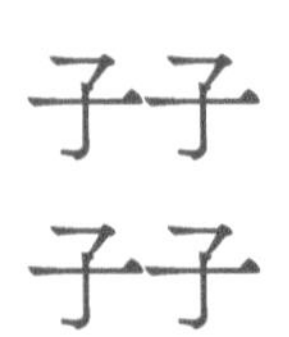

音 1. すねこし
2. ねこじし

與稱謂有關的用法中，在現今日語被視為女性名字標記的「子」字，於中國古代則多作男子的通稱、美稱和敬稱，彼此不大相同。但就「子」字本身而言，除了指稱男性的特定稱謂像太子、公子、王子等之外，亦可用以指稱女性，這方面則中日相同。我們說「動如脫兔，靜若處子」的「處子」，便是「處女」；「之子于歸」的「子」也指「女子」。至於日文中說「漂亮的子」或「那子如何如何」中的「子」，是可理解為「少女」意思的。

另一方面，「子」除了可用於稱謂或名字，原來也可作姓氏用。我們今天很少遇見姓「子」的人，在古代卻有。商朝是中國歷史上第二個重要朝代，其始祖便姓「子」，後裔自然也有不少是姓「子」的了。至於日本，除了有「子」姓，還有「子子」姓，也有「子子子」姓和「子子子子」姓，相當有趣。

雖說「子子子子」是一個姓氏，但當遇上這個姓的人時，可別連說四個「子」字。事實上，「子子子子」姓中

四個子字的讀音都不相同，它有兩種讀法：一讀作 SU-NE-KO-SHI，另一讀作 NE-KO-JI-SHI。換言之，當你遇上「子子子子」姓的一位男士，你得稱他為「SU-NE-KO-SHI 先生」或稱「NE-KO-JI-SHI 先生」，而非連聲「子子子子」地以四個同音字叫喚稱呼。

這是因為日語之中，同一個漢字往往有多種讀法之故。

再說子子子子

我們提到：日本人有「子」姓，有「子子」姓，也有「子子子」姓和「子子子子」姓。「子子子子」作為姓氏，四個「子」字的讀音都不相同。不但如此，「子子子」姓與「子子」姓亦有好幾種讀音，甚至單姓「子」的，也可分別讀成「KO」、「NE」或「SHI」。可見同一個漢字，在日語中也可能有好幾個不同讀音，而不同讀音往往代表不同意義。

另一方面，除了一字多音的現象之外，日語中一音多字的情況也很普遍。一音多字，即同一發音對應不同漢字，亦即同音字。不單同音，有時甚至連意義也相同。像「子貓」的「子」讀音是「KO」，固可寫成「子」，也可寫作「小」，還可寫成「仔」，意思都差不多；所以「子貓」就是小貓，也是「仔貓」。「仔貓」的「仔」很像我們的廣東話的「仔」，只是日本人叫作「子貓」，而我們卻稱為「貓仔」而已。由於同一個漢字可以有多個讀音、多層意義，因而往往會生出些有趣的文字遊戲來。像「子」這個字，它可讀作「NE」，又可讀作「KO」，但偏偏這麼巧，「NE，KO」兩個音湊起來就是日語「貓」字的讀音，所以「KO-NE-KO」既是「子貓」，也是「子子子」。

循着這個思路，曾有人連寫十二個「子」字，利用「一字多音」的原理組織起有意義的句子來。那麼問題來了，究竟該怎樣讀呢？

子子子子……的遊戲

獅子

音 しし

一口氣連寫十二個「子」而能夠組織出有意義的句子，純然是利用日語一字多音、多義現象所衍生的文字遊戲。在「子」字的眾多讀音中，有讀作「NE」和「KO」的，而「NE-KO」又恰是「貓」的發音。於是，如果把「子子子」三字讀成「NE-KO-KO」，是「貓之子」（即粵語「貓仔」）的意思；如果讀成「KO-NE-KO」，則成為「子貓」或「仔貓」了。

另一方面，「子」的另一種讀法是「SHI」，而

「SHI-SHI」又恰是「獅子」的發音。如果把「子子子」三字讀成「SHI-SHI-KO」的話，便是「獅子之子」（即粵語「獅仔」的思意）；要是讀作「KO-SHI-SHI」，那就是「子獅」（即我們所說的「小獅」）了。

把以上兩種不同的讀音和它的相關音義串連起來，「子子子子子子子子子子子子」便可湊合出「貓之子是仔貓、獅子之子是仔獅」的意思來。

這類文字遊戲，在漢語中也經常出現，甚至不限於一字多音，光是利用雙音的不同讀法，也可創造趣味的意思來。像「長長長長長長長」七個字，如果一、三、五、六四個字唸「長短」的長，二、四、七三個字唸「長幼」的長，意思便是：「長時期是首長（董事長、銀行行長、政府首長之類）、長時期是首長、永遠都是首長」。

這是一副對聯的上聯，是讚頌別人的話。要是分不清讀音，也就不易明白其意思了。

「親子」一鑊熟

「子」字義項頗多，在搭配不同的字組成詞語後，內涵就更豐富了。不過，最為一般人所習知、習用的意義自然是解作孩子、兒子。日語有一個詞語叫「親子」，即父子、母子或雙親跟兒子的意思。香港也有不少機構舉辦「親子閱讀計劃」、「親子繪畫比賽」等活動，讓父母和子女一同參加。可見「親子」雖是日語，但意思易懂易明，甚至讓人不大察覺出它的日語本色。

這本來沒甚麼不妥，然而，「親子」一詞還令人聯想起一種名為「親子丼」的日式料理，想想它的名，看看它的實，便令人有點不大舒服。

「親子丼」是甚麼呢？原來是「雞肉和雞蛋蓋飯」。雞肉是「親」，雞蛋是「子」；合起來不就是「親和子」了嗎？

把「母親」和「孩子」煮熟一起吃，仔細想想，真有點毛骨悚然。從倫理關係變為「料理」（菜式）的名字，在漢語中較為少見。

至於「親子丼」的「丼」字，於「井」字內加上一點，日語讀作「DON-BU-RI」，原指深底有蓋的大碗瓷，多作為盛載有味飯菜之用，像著名的鰻魚飯、牛肉飯和現在所說的雞肉雞蛋飯等，便會用這種「丼」盛載，所以分別名為「鰻丼」、「肉丼」和「親子丼」，都是美味的食品。

只是「親子」一鑊熟，總教人想來不是味兒而已！

從中國傳入日本的「貓」

談過「子」字，接下來講講「貓」字的話題。

首先講講「貓」字的寫法。日語中「貓」字寫作「猫」，偏旁從「犭」(犬)。而漢語的「貓」字則從「豸」(音治，部首之一，原義是獸類隆起了長長的背脊，緩步而行的樣子)，彼此略有不同。從字源上說，正寫應該是「貓」，俗寫才作「猫」。

據說，日本原本只有山貓，並沒有我們今天所見的家貓。把貓作為家畜來飼養，是受了中國的影響。原來古代佛教傳入日本之時，一些重要的典籍、經文往往會被老鼠嚙咬而遭到破壞，人們深感困擾，總希望想個辦法來應付。後來，日本人發現中國普通人家會畜養貓隻來捕捉老鼠，消除鼠患。於是，他們設法把貓隻連同經文一起運送到日本來，算是解決了這個難題。由於貓能治鼠，人們便廣泛地畜養貓隻，貓兒亦因而漸漸得以繁衍，終於成了最常見的家畜之一，甚至是不少人心愛的寵物呢。

這個貓兒傳入日本的故事真實與否，我們不易稽考，但有一種日本人向來都很喜歡的寵物小犬卻的確來自中國，那就是北京種的獅子狗，又稱為哈叭狗。

在日本，這個犬種以一個很古怪的漢字來命名——「狆」。這種「狆」，日本人又曾稱之為「貓犬」或「狗貓」，顯然有點「非驢非馬」似的貓狗不分的意味了。

「狆」是中國狗

貓隨着佛經一同傳入日本的說法僅為傳聞故事，確實與否尚待進一步考證，但貓在日本平安朝（HEIAN CHOO，公元 794 至 1192 年）已為日本人廣泛畜養，卻是事實，在當時日本文學名著《枕草子》之類的作品中有提及，可以作為明證。平安朝是日本歷史上一個相當長的時代，從公元八世紀至十二世紀，約等同於我國中唐至北宋的一段時期。《枕草子》這書，可說是日本最早的一本散文隨筆集，大約成書於公元一千年前後，作者是清少納言（SEISHOO NAGON）。

貓是否真的由中國傳入日本雖未確知，但另一種名為「狆」的小動物之從中國傳入卻是可以肯定的。這種小動物約在公元十四世紀後期傳入日本，即日本的室町時代（MUROMACHI JIDAI，公元 1334 至 1573 年），中國的明朝時期。正如前文提及，「狆」即我們所稱的「哈叭狗」，牠原本名為「獅叭狗」，但「獅叭」二字難寫難認，所以改為「哈叭」二字，也就是俗稱的「獅子狗」或「北京狗」，大都作為人們把玩的小寵物。「狆」傳入日本之初，人們沒有把牠視為狗隻帶上街溜達，只是如同小貓似的在家豢養、珍玩，所以也稱之為「貓犬」或「狗貓」，其後更成為上流社會的象徵。至於「狆」這個漢字，漢語中也有，但只是作為生活於貴州、廣西、雲南間一個少數民族的名稱，與狗無關。「狆」作為狗的一種，這個義項由日語所創。按筆者個人猜測：把「犭」（犬）和「中」組合起來成為「狆」，應該是個會意字，即從字形也可反映出牠源自中國，大概是「中國狗」的意思吧！「狆」的發音是「CHIN」，相當漢化，更足以證明其本非東洋之物了。

再談「貓犬」——「狆」

談及貓傳入日本的問題，使我們聯想到「狆」這種「貓犬」和這個漢字的由來。

「狆」是一個中國漢字，但不見於《康熙字典》正集之中，只在補遺裏出現，顯然是個較為冷僻的字。其後的《辭源》、《辭海》和《中華大字典》均有收錄，讀音「仲」，是貴州、雲南等地區少數民族的族名，屬於「蠻族」之一，但也頗為漢化。據説：雲、貴地區的苗民眾多，其中有一支苗裔名為「狆家」，他們的姓氏和衣飾都跟漢族接近，反而與一般苗民的裝扮不完全相同。而這個「狆」字也可作「㑖」。除此之外，「狆」字在漢語中便沒有其他用法，更沒有解作狗或跟狗的意義有甚麼關連之處了。

至於日語中讀作 CHIN、作為某種小犬名稱解的「狆」字，雖然字形跟漢語的「狆」一樣，但顯然並非採自漢語，因其與種族名稱此一義項毫無關係。嚴格來說，「狆」應該屬於日語中的「國字」——凡是日本人利用漢字造字法則所創造的日式漢字，便稱為「國字」；借用漢語中原有漢字而賦予新意義，則為「國訓」。理論上，作為小犬解的「狆」應該是「國訓」，但因為漢語「狆」是個冷僻字，恐怕難以為當初的日本人所借用；故「狆」更可能是一個由日本人所新創的「國字」，只是剛巧與漢語的「狆」字同形。「國字」大都是會意字：像「人」加「動」組合成「働」，是人們從事勞動的意思；「十」加「辶」變成「辻」，是十字路口的意思。

至於「狆」，可說是「犭」（犬）加「中」，不正正反映一個事實：這是源自中國的小犬嗎？

貓的聯想

猫の額

音 ねこのひたい

不管貓兒是否自中國傳入，日語中有頗多由「貓」衍生的詞語，且舉例談談。

日語中的「貓額」，是指範圍不廣、面積狹小的地方，如同我們所說的巴掌般大、彈丸之地的意思。這自然是因為貓的額頭細小而聯想出來的意義。「貓眼（似的）」一詞則取義於貓瞳會隨光線明暗而放大或縮小，表示事情變化無常。「貓爪」表示試做一下看看的意思，這是因為貓在凝望目標物時，往往會好奇地用前爪去試探試探、看個究竟。這個詞語可用來表達多管閒事之意——貓兒伸出前爪試探，有時純粹出於好奇而非必要，自然容易使人作此聯想。

日語中另有一諺語「不管貓兒或杓子」，即不管張三李四、不理是誰的意思。但為甚麼有這一層意思呢？「杓子」即盛取飯、湯的勺子，它怎會跟貓兒聯結而成為諺語？有人認為那是因為貓的爪兒跟勺子形狀相似，引發聯想，表示抓起的不管是貓（爪）抑或勺子——含有「不管如何」、「不管是誰」的意思。真相是否如此，則不太肯定。

這裏所舉的幾個跟貓有關的詞語，其含義為日語所獨有。至於其他相類詞語的用法，下文續談。

神憎鬼厭與隱惡昧金

貓糞

音 ねこばば

在日語中跟貓有關、因貓的聯想而生的詞語頗不少，上文提及的貓額、貓眼、貓爪等，在日語中都別有含義，是漢語中所沒有的。現在再談另一個詞語「貓糞」。

貓的糞便，會使我們產生甚麼聯想呢？廣東俗語說：神枱貓屎，神憎鬼厭。貓糞惡臭難聞，人們無不掩鼻而過，深為厭惡，非避之、去之不可。在祭祀用的神枱上發現貓糞，自然令到向來受供奉的「神」也憎、「鬼」也厭，連神靈、鬼靈都如此，更何況一般人呢！所以，這句熟語用以比喻那些犯了眾怒，令大家都對之不滿、憎厭的人或行為，並不難理解。

日語卻沒有這層意思。日語以「貓糞」表示做了壞事而故意隱瞞、裝作若無其事。原來，不知貓兒是否也明白自己的糞便着實惡臭難聞，令人生厭，所以在排泄後習慣用後足抓撥數下，希望撥起地上泥沙把糞便掩蓋起來；即使地上沒有泥沙，貓兒都會象徵性地抓撥抓撥，成為一種慣性行為。日語中的「貓糞」，就是因為觀察到貓兒這種行為而聯想出隱藏壞事、裝假作偽的含義。此外，循着這種思路，「貓糞」還可以指那些拾金而昧，把拾獲的東西據為己有、貪取不義之財的人，跟「隱瞞」的含義一脈相連。

從「貓糞」這個詞語衍生出不同的含義和解釋，便可知道：對事物的看法，可以有多個不同的觀點、角度和取向。語言的趣味性，也就因此而生。

貓肥魚瘦

猫が肥えれば鰹節が痩せる

由於對事物的看法可以有多個不同的觀點、角度和取向，因而一些日常習用、表面看來沒有甚麼特殊的名物用語，可以通過觀察、聯想而衍生出新的含義來。像前文提過的貓額、貓眼、貓爪、貓糞等，這類與貓相關而別有所指的詞語，日語中的確不少，我們姑且再多舉三兩個例子，看看它們是怎樣通過聯想而產生新的含義。

日語中的「貓足」、「貓腳」，是指日式膳桌或矮几的四隻短腳，因為形狀跟貓腿兒相似，故稱之。另外，器物如有結實有力、不易傾倒的支架腳亦可以稱為「貓腳」。「貓舌」則是指那些怕吃或怕喝熱東西的人，「貓背」是指那些腰肢修長而稍曲的人；取義都不太難懂，只是漢語中並無與之相類近的指涉含義。

除單詞外，日語中跟貓有關、由貓的習性和行動聯想而來的成語、俗語和慣用語也相當豐富，所反映的含義也有一定的道理和趣味性。

我們不妨先看看一些意思較為簡單直接、較為容易理解的說法。

「貓肥鰹節瘦」，是說事情一邊好起來，另一邊就會壞下去的意思。所謂「鰹節」，即是乾魚。貓性嗜魚，乾魚在前，自是甘之如飴。於是，如果貓兒因啖乾魚而肥壯起來，一盈一虧，乾魚自然也會日益「消瘦」了。「貓肥魚瘦」，寓意的確是耐人尋味哩！

魚堅似木話「鰹節」

鰹節

音 かつおぶし

若說「貓肥魚瘦」是比喻事情一邊好起來、另一邊就會壞下去的話，那麼「投貓以魚」無疑就是「送羊入虎口」了。貓性嗜魚，魚兒早晚會成貓口之餌、果腹之肉。這句話一方面指人們不了解形勢險惡，誤把好處給予正想謀佔自己便宜的人而吃上大虧、蒙受損害；另一方面也意指把所喜愛的東西放在貪婪者身邊，隨時有被佔奪的危險，無法令人安心。

當然，所謂「貓肥魚瘦」、「投貓以魚」只是意譯，並非日語原文。「貓肥魚瘦」的日語原文應該是

「貓肥鰹節瘦」，而「投貓以魚」則應該是「投貓以鰹節」。由於「鰹節」一詞並非漢語習用詞，一般人也不知道它是甚麼，所以只好用「魚」字代替，取其意思易明而已。

究竟「鰹節」是甚麼呢？我們也不妨了解了解。原來「鰹」是一種群游於深海上層的魚類，其出沒是有季節性的。日本漁民們捕獲這種魚類後，通常都將之分切成三兩段，把背脊肉部分用火燻乾；燻乾的鰹魚背脊，竟然堅硬如木，在食用之時得用鉋削成薄片，所以，它又叫做「木魚」或「乾松魚」。「鰹節」的「節」大抵就是「節段」的「節」，上等的還稱為「本節」，形狀小而扁平的又可稱為「龜節」，它其實與「龜」無關，仍然是「鰹」的「節」而已。「鰹節」是日本人普遍喜歡的日常食品，多作為調味料用。不過，如果不經鉋削，根本不能進食，所以把整塊「鰹節」放在貓兒口邊，牠也不易吞嚥而令之「瘦」起來。相信貓兒還是喜歡鮮活魚兒的吧！只是日本人愛吃「鰹節」，才會把它聯想到貓兒身上去而已。

投貓以錢

猫に小判

音 ねこにこばん

「鰹節」既是堅硬似木的乾魚，那麼，不管它多美味、日本人多嗜食，但如整塊地「投貓以鰹節」，牠還是不容易吞嚥下去的。也許因此之故，除了「投貓以鰹節」這種最為普遍的說法外，日本人還以好幾種不同用語表達相似的含義，例如「投貓以乾鮭（三文魚）」、「投貓以鮮鰯（沙丁魚）」之類。事實上，在貓兒眼中，三文魚和沙丁魚總比「木魚」易入口吧！所以我們只取其意而説成「投貓以魚」，大抵還可算是切近的。

另一方面，「投貓以鰹節」這句成語除了「投肉與虎」、「送羊入虎口」的意義外，它還有另一層含義，就是：讓貓兒看守鰹節，隨時都有被吃掉的危險。這層意義又可以演繹為：「讓貓守鰹節」、「讓貓守魚」、「讓賊管倉」、「讓狼看羊」等，所要表達的意思都是相同的。

「投貓以魚」，的確正合「貓意」，很受牠的歡迎。可是，要是「投貓以錢幣」的話，那就真的莫名所以，令貓兒啼笑皆非了。日語「投貓以錢幣」原文是「投貓以小判」，「小判」是日本古時候一種金幣。這句成語的意思有點近似漢語的「對牛彈琴」、「明珠暗投」、「把鮮花插在牛糞上」，即費時失事，平白地糟蹋了好東西。金錢對一般人來說雖然重要，珍之重之，但貓兒對這種堅硬而乏味的「阿堵物」根本絲毫不感興趣。

所以，不管是怎樣珍貴的寶貝，要是送給不恰當的對象，對方得物無所用，也是糟蹋。跟這話含義相同的另一個說法是「投豕以珠」，把珍珠送給豬玀，自然是毫無意義之舉，甚至近乎諷刺了。

有退魚之貓嗎？

猫の魚辞退

音 ねこのうおじたい

貓兒與人不同，見錢並不眼開，「投貓以金幣」根本無法引起牠的興趣和胃口，簡直毫無作用可言。所以，這種做法的確屬於「對牛彈琴」，連帶好東西也給糟蹋掉。但「投貓以魚」，肯定會大受歡迎，那是貓性嗜魚之故。貓既嗜魚，「見魚開眼」，魚在眼前不可能視若無睹，所以日語中另有一句成語「貓之退魚」，就是表示有些人表裏不一，明明是內心渴求之物，口裏卻連聲推說不要。當然，要是別人稍一堅持，他可能就會接受了。所以，這句話也有另一層寓意：對事情的想法、做法只是一時的，不能持久。「貓之退魚」，大抵不是真心的吧！着實有點令人難以置信的意味。

要貓兒退魚，放棄牠所喜愛的東西，的確不太容易，所以日語又有一句成語：趕貓不如去魚。

這句話的意思是說：做事不可捨本逐末，解決問題得從根本處着眼才是。貓兒之來，意既在魚，一見魚兒，自然眼開心迷，要把魚兒攫取到口裏為止。在這種情況下想驅趕牠並不容易，不如索性設法先拿掉魚，牠反而會不趕自去，省卻不少氣力哩！

「與其趕貓，不如去魚」，的確是一個很好的聯想。

對我們做事，也該是個富有啟發性的提示。

貓虎同貌而不知心

猫は虎の心を知らず

貓性嗜魚，不管海鮮河鮮，即便腥臭難聞，甚至人們不吃的，貓兒大抵都沒有甚麼不喜歡的。如果連貓也討厭的話，那種魚必定很要不得，簡直無法入口的了。日語中有句俗語「貓兒跨過」，即是連貓也要避之而過，那自然是難吃之極的魚了，有時也可借指不受歡迎的事物，真有點廣東俗語所說「撈飯貓都唔要」的意味。

貓、魚之間，的確容易令人產生聯想，但若從外形上說，則貓跟老虎最為相像，自然也很容易產生出另一些聯想。在動物學上，老虎本來就屬於「貓科」，只是一為性情兇殘的猛獸，一屬品性馴良的家畜而已。我們說「畫虎不成反類犬」，自是表明老虎和狗的外觀應有不同；而俗語所說的「老虎唔發威你當病貓」，那顯然反映出虎與貓的相似程度。有一句日語成語「既可為貓，復可作虎」，意思即是說人們隨着不同場合，表現出不同態度來。有時像貓兒般柔順，有時卻像老虎般兇猛。那當然是因為貓、虎模樣相似而性情剛好相反才會生出這樣的聯想來。

虎、貓雖然相像，到底不同，性情志趣的分別尤為巨大，所以日語另有一句成語「貓兒不知老虎心」，意指一般凡庸之輩不能理解志向宏大之人的抱負，這跟中國人所言「燕雀焉知鴻鵠志」的含義完全一樣。貓兒跟燕雀的活動範圍狹小，眼光短淺，抱負有限，其雄圖壯志，自然難跟奔馳遠近的老虎、翱翔上下的鴻鵠同日而語了。

不捕鼠的貓

鼠捕らぬ猫

音 ねずみとらぬねこ

貓由中國傳入日本一說固然沒有十分確鑿的證據，但日語中環繞貓而衍生的詞語，不管是直接或間接的都較漢語為多，卻是事實。這會否因為貓是從外傳入的新鮮事物，因而日本人對牠們興趣較濃，聯想也較豐富呢？似乎也並非不可能。

貓的外形肖虎，而性喜吃魚，這些特徵都給日語增添不少很有意思的用語。至於貓和跟牠關係更為密切的老鼠之間，自然能提供更豐富的題材，產生寓意深遠的有趣聯想。

造化奇妙，貓兒靈活而好奇心重，自然喜歡玩弄一般小動物。然而，在眾多獵物之中，牠對老鼠最感興趣，一見老鼠，非捕之不可，甚至往往置諸死地而後快。上帝造貓，似乎只是用來對付老鼠似的。鼠輩本已膽小，一旦遇見貓隻，尤其失魂落魄，畏之最甚。貓鼠之間不共戴天，成了最大的冤家對頭。

貓性嗜魚，幾乎到了無魚不吃的地步；貓捕鼠，也幾乎到了見鼠即捉的地步。所以，連貓也不屑一顧、跨步而過的魚，當是難吃之極的魚；而見了老鼠也提不起勁去捕捉，甚至完全不去捕捉的貓兒，自然亦是無能之輩、無用之極。

日語中有句話說：「不捕鼠的貓」，就是比喻那些能力低劣，或者尸位素餐、在其位而沒有盡責的人。

正如某位名人所說：「不管白貓黑貓，能抓耗子的才是好貓。」的確，如果貓的作用只在捕捉老鼠，則養着一大批「不捕鼠」的貓，真教人氣結、眼冤！

貓話連篇

猫は三年の恩を三日で忘れる

不管白貓黑貓，能抓耗子的就是好貓。捉老鼠是貓兒天性，連老鼠也不去捕捉，那還有甚麼用處可言？所以「不捕鼠的貓」自是庸劣低能，無甚作為之輩。難怪日語有言：「貓兒雖小，亦足捕鼠」，就是比喻若本分如此，即使條件不太優越，同樣可以做好需要做的工作。

從實用性角度考慮，不抓老鼠的貓沒有用；但如果視貓為寵物珍玩，自然又當別論。貓兒機警靈巧，逗人喜愛，即使不會捕鼠，或平日無鼠可捉，仍然可以豢養起來增添我們閒居生活的情趣。作為寵物之一，貓兒是有可愛一面的。但若過分寵愛的話，牠就只知吃、喝、玩、睡，很容易變成胖胖的「懶惰貓」，不思進取，無心捉鼠了。日語俗語中有句話說「疼愛貓兒」，就含有過於溺愛、寵壞的意思。譬如勸人別溺愛小孩子，便可以說「別疼愛貓兒般對小孩子」或「視小孩子若疼愛貓兒，終非好事」之類。從這些說話可以反映：日本人對貓兒，的確是相當鍾愛的。

貓兒既如此值得鍾愛，主人們自然會好好地飼養，加以愛護。可是，貓兒是否真的能夠領受，記掛着你對牠的好呢？往往寄望愈高，失望也愈大哩！日語有句成語說：三年養貓恩，三日給忘掉。這話比喻你長期悉心地照顧、培養某人，可到頭來某人仍然忘恩負義，做出令人非常失望的事情來。

所以貓兒果真是容易忘恩負義的動物嗎？日本人又為甚麼對貓兒特別有所期待呢？這真是個有趣的問題。

隱爪之貓

鼠捕る猫は爪を隠す

從實用的角度看，不捕鼠的貓自然是凡庸之才、無能之輩，但會捕鼠的貓也有高手、低手之分。怎樣才能分辨貓兒是否高明的捕鼠能手呢？根據日本人的觀察：捕鼠之貓隱其爪。換言之，他們認為一隻會抓老鼠的貓是不露爪的。究竟露爪與不露爪是否可以用來判斷貓隻的才能，我們不大清楚，但這句話的含義顯然是借貓喻人，意思是：真正能幹的人會掩藏實力，不會把自己的才具隨便顯露、宣揚出來。換句話說，那些喜歡流於表面地表現自己、特別是說話浮誇的人，往往並沒有真實的本領。張牙舞爪，其實只是唬嚇作態、技似黔驢而已。

「捕鼠之貓隱其爪」這句日語成語，跟我們所說的「真人不露相、露相非真人」的想法正好相合。與它相類的還有兩個說法，其一是「叫嚷的貓不抓鼠」，意指只懂得嘩啦嘩啦地叫嚷、徒作自我宣傳的人是不切實際的，大都才能有限，起不了甚麼作用，做不出甚麼實質的貢獻來。其二是「老鼠不會抓、反而到處跑」，意指那些不會捕鼠的貓，卻到處跑動、叫嚷，其含義跟先前兩句話是相連的，都比喻高明之士總是深藏不露，而喜歡做表面工夫的大都是庸碌無能、沒有真才實學之輩。

這樣看來，我們該做一隻「隱爪之貓」，抑或是到處叫嚷、跑動而毫無真正作為的貓呢？恐怕大家心裏有數吧！

這裏所舉跟貓有關的日本成語，雖非漢語中所有，但其聯想很有意思，含義也深具啟發性，足以豐富我們的表達能力，卻是肯定的。

貓鼠之間

猫の前の鼠

音 ねこのまえのねずみ

正所謂真人不露相，如同武俠小說中的武林高手不隨便出招一樣，日本人認為隱爪之貓才是會捕鼠的貓。除了前文曾提及的說法外，「捕鼠之貓隱其爪」還可以說成「有能之貓不露爪」，甚或思路相同的「有能之鷹不露爪」、「無能之犬吠聲高」等，含義都是一樣的。

我們對貓的有能無能、高能低能，大都以其是否善於捕鼠來判定。可是，對其最大冤家對頭老鼠來說，不管怎樣，只要碰上貓兒，牠就合該「倒楣」，即使不致身殉命喪也難免膽戰心寒，所以日語慣用語中有句話說「貓前之鼠」，就是比喻身陷困境，進退維谷，不知如何自處的意思。這一句說話的含義，可說是充分反映了老鼠對貓兒的驚懼程度。

的確，貓抓不抓老鼠是一回事，大抵老鼠是無貓不怕的。日語有一句成語說「貓兒額上取飯粒」，比喻人們做事不知死活，像老鼠在貓的額上取飯粒般那麼危險，跟我們所說的「太歲頭上動土」、「老虎頭上捉蝨」，無論思路和含義，都是一樣的。不少冒險輕進的人，自視過高，只顧攫取目的物，不理會客觀條件是否恰當，只懷着狂妄的願望，不顧後果地做出不智的事來，我們也可說他是「貓兒額上取飯粒」，該是多危險的事啊！

招財的貓

招き猫

音 まねきねこ

日語中以貓作話題或因之聯想而來的用語相當多，前文也提及了好些。從這些用語中，我們知道日本人對這種據說最先由中國傳入的小動物有多方面的觀察和理解，在日常生活中也有着密切的關係。

在這方面，除了用語之外，我還想特別提一提我們較為熟悉的一個形象：招財貓。

平時在百貨公司或其他精品店一類商店中，在眾多日本燒瓷擺設器物之中，往往可以看到一款正面蹲坐而豎起單手的貓。這種蹲坐貓的擺設，不是一般的玩意兒，而是在日本文化中含有好意頭的吉利物品之一。擺設這個東西有甚麼用意呢？原來開店鋪的日本商人，認為置放這種瓷貓就能為他帶來好運，招引客人，甚而生意滔滔了。雖然有點迷信，但運氣對於商人來説是很重要的，反正將這種瓷貓純然當作裝飾品來看也並沒有甚麼不妥，所以老闆總喜歡在店鋪前頭置放「招財貓」，象徵吉祥和好運，做起生意來似乎也會安心些。這種做法已成為民間生意人的傳統，時至今日依然流行，我們到日本旅遊時固然容易見到，就是在日本電影、電視劇中也不難發現。要是曾收看過《阿信的故事》，對「招財貓」其長相印象就當更為深刻了。其實，「招財貓」是香港譯法，日語中本為「招呼貓」、「招手貓」而已，與「財」無關，但嵌上「財」字似乎更貼切，更合乎商人們腦袋裏的想法和意願，故譯成「招財貓」，真是神來之筆！

招財貓的故事

正如電視劇《阿信的故事》中阿信的做法一樣，日本的商店店主往往喜歡在其店舖前置放一隻正面蹲坐而豎起單手、態度友善祥和、似向客人微笑地招手的燒瓷「招財貓」，認為它象徵吉利，能帶來好運，可招引更多客人和生意。究竟這種想法和風習是怎樣興起的呢？這隻「招財貓」的長相又以甚麼為依據？這些都是頗為有趣的問題，現在，就讓我們談談跟它有關的一些傳聞故事吧！

這種風習的出現，據説最初也是來自中國。一些書籍上記述説：有些中國人認為貓兒洗臉之時，如果以左手抹面過耳，即表示有客人到。但這種想法是甚麼時候傳至日本的呢？已經難以稽考，不大清楚了。只知道日本人這種置放「招財貓」的做法，其來有自，已成為流行頗久的一種傳統風習。

至於現在常見的「招財貓」，其長相是怎樣形成的呢？有兩個不同的説法。

其中一個説法是這樣的：江戶（EDO）初期（約公元十七世紀初），在一個名為吉原的地方有個貌美如花的名妓，她非常鍾愛自己所豢養的一隻「三毛貓」（毛色花斑的貓），甚麼客人也比不上她對這隻貓的青睞，以致她的客人中間也有「做貓也該做隻三毛花貓」的説法。後

本來招財貓的形象舉左手，現在也可以舉右手。

來不知怎的，名妓的愛貓竟突然死去，名妓自然很悲慟、沮喪，一臉愁容，令客人們也為她難過、惋惜。

其中有一個客人對她的悲傷深表同情，因而把那隻「三毛貓」的形象刻在一塊精美的木板上，贈送給她。如此，名妓才能稍舒愁懷，感到寬慰。但為了懷念已逝去的愛貓，她仍然經常執持木板，珍之重之，把圖像當作真貓看待。據說：木板上的貓兒圖像，就是我們今天所見到的「招財貓」了。

另一個傳說也發生在江戶時代。當時有位老婆婆，非常愛自己所養的一隻貓兒，但由於生活困難，無法供養牠，只好轉讓與其他人家收養。老婆婆向別人泣訴轉讓貓兒的原委，得到了別人的同情。不久之後，她做了一場夢，在夢中，她看見了一隻跟現在的「招財貓」長得一模一樣的貓兒向她說：「要是你能夠把我做成跟這個樣子相像的姿態，就必定會替你帶來幸運和福氣。」於是，老婆婆設法把夢中所見的貓兒形態燒成陶瓷製品，在現今東京淺草區販賣。一經擺賣，

あ（安）	い（以）	う（宇）	え（衣）	お（於）
a	i	u	e	o
か（加）	き（幾）	く（久）	け（計）	こ（己）
ka	ki	ku	ke	ko
さ（左）	し（之）	す（寸）	せ（世）	そ（曾）
sa	si (shi)	su	se	so
た（太）	ち（千）	つ（川）	て（天）	と（止）
ta	ti (chi)	tu (tsu)	te	to
な（奈）	に（仁）	ぬ（奴）	ね（祢）	の（乃）
na	ni	nu	ne	no
は（波）	ひ（比）	ふ（不）	へ（部）	ほ（保）
ha	hi	hu (fu)	he	ho
ま（末）	み（美）	む（武）	め（女）	も（毛）
ma	mi	mu	me	mo
や（也）		ゆ（由）		よ（与）
ya		yu		yo
ら（良）	り（利）	る（留）	れ（礼）	ろ（呂）
ra	ri	ru	re	ro
わ（和）		を（遠）		ん（旡）
wa		o		n

註 1. 假名括號內為該假名的漢字原形。

2. 日語羅馬字拼寫法有「日本式」和「標準式」（黑本式）兩種，拼寫法括號內的是「黑本式」，黑本即 James Curtis Hepburn，美國人，1859 年曾到日本研究日本語。所編《和英語林集成》，用的即為「黑本式」拼音法。

物語談

ものがたりについて

「物語」的物語

物語

音 ものがたり

《子貓物語》這套日本電影片名中「子」和「貓」兩個字的相關話題，前文已所有闡述，接下來該輪到談談「物語」了。

我們一般會將「子貓物語」解讀為「小貓的故事」，「物語」一詞在概括而一般的意義上來說，近似漢語「故事」一詞的意思。可是，如果稍為深入點、詳細點說，「物語」有其本身的特殊含義，跟「故事」不完全相同。我們知道：「物語」是個日語，不是漢語，除了在清末民初的出版物中曾用過「物語」一詞，或者作者們為了表達日式氣氛、強調日本色彩而故意在作品中使用外，一般漢語用詞中並沒有「物語」一詞。然而，「物語」是一個頗不簡單日語詞彙，有着深厚的歷史淵源和特殊的文化意義，我們不妨約略了解。

追源溯始，「物語」原是日本古典文學的一種體裁，不少具代表性的日本古典名著都以之命名，像《源氏物語》、《平家物語》之類耳熟能詳的文學巨著就是例子。

這種體裁，大約誕生於公元十世紀初的平安朝，一直流行至鎌倉（KAMAKURA）、室町（MUROMACHI）時代。日本的平安朝，約當公元八世紀至十二世紀，即中國唐宋年間；鎌倉、室町時代則約當公元十二至十六世紀，即中國由宋至明的一段時期。這種體裁誕生之後，漸次得到發展，而終於成為日本文學的主流。

物語的「鼻祖」

竹取物語

音 たけとりものがたり

作為日本古典文學重要體裁的「物語」一詞，原指故事、雜談或說唱之意。「物」就是事事物物、人間的或世外的事情；而「語」就是講談、細訴、述說的意思。一般神話或民間傳說，如果用故事的形式說出來的就是「物語」了。

到了公元十世紀初，「物語」在日本有很好的發展，開始產生了所謂「物語文學」。這些文學作品，一方面汲取日本流傳下來的神話傳說或民間通俗故事內容作為基礎，另一方面也受到中國魏晉南北朝至隋唐期間的傳奇文學的影響。

現存最早的物語文學作品名叫《竹取物語》，約在

公元九世紀末到十世紀初之間成書，即平安朝中期，作者是誰現已無法得知。

根據其後成書於十一世紀初而深負盛名、被認為是最偉大的日本文學作品之一的《源氏物語》中，曾稱《竹取物語》為物語文學的「開山鼻祖」，那把《竹取物語》作為最早的物語文學作品來看待，相信不致有太大的問題。

《竹取物語》全書約一萬八千餘字，內容主要取材於《古事記》、《日本書記》、《風土記》、《萬葉集》等日本古籍中的神話傳説和流傳民間的故事，經過了作者的整理、加工和潤色，構成了一部情節完整而人情味濃厚的神話故事。「竹取」是伐竹、取竹的意思。由於故事開端是從一個「竹取之翁」（伐竹的老人）在野山伐竹之時意外地發現一個小女孩説起的，所以便叫《竹取物語》。

故事內容頗為有趣，在後文我們不妨了解一下它的梗概。

物語與富士山的傳説

《竹取物語》又名《竹取翁物語》或《輝夜姬物語》，是一個以名叫「輝夜姬」的仙女為中心的物語。「姬」在日語中是對女性尊貴

的稱呼，「輝夜姬」則是形容她明艷照人。故事講述一個伐竹的老人（竹取之翁），偶然在竹筒中發現了一個只有三寸高的小女孩，便把她帶回家裏撫養。三個月後，女孩突然長大成人，而且姿容艷麗，非常漂亮，老人因而替她取名「輝夜姬」，表示即使在夜間也能容光煥發之意。

從此之後，老人伐竹之時，經常在竹節中發現黃金，最終變成富翁。這時，天下間的男士，不論貧富貴賤，都想迎娶輝夜姬為妻。其中有五人最為熱切，輝夜姬分別要他們搜求一些當世罕見的寶物，以示誠意，結果五人一一失敗。當時的皇帝也聞悉了這個絕世美人，想盡辦法勸她入宮，但輝夜姬同樣不答應。

三年過後，在一個接近八月十五的夜裏，輝夜姬對月而泣，原來她是月中之仙，必須離開這片國土回天上去。到了中秋之夜，即使老翁怎樣苦苦哀求，又有皇帝派大軍包圍，意圖阻止，但天神還是下凡給輝夜姬穿上羽衣升天回月宮去。臨別之時，她留下一封信和不死藥給皇帝，皇帝非常悲慟，寫了一首詩說：「不見輝夜姬，靈藥終何用？」接着命使者把詩放進盛着不死藥的壺中，走到最接近上天的高山頂上去一併燒掉。使者帶領大批人馬，依照吩咐在山頂上焚燒不死藥，從此，這個山頂便不斷吐出白煙，冉冉升天，直到月宮去，至今不息。這個最接近上天的山名叫「富士之山」，「富士」表示很多士兵一同登山之意。也有人認為是「不死」之意，因為日語「不死」（FUSHI）和「富士」（FUJI）發音接近。如果照這個說法，那麼「富士之山」就是「不死之山」了！

何以命名「富士山」？

《竹取物語》以「輝夜姬」這個完美無瑕、清麗脫俗的月宮仙女神話故事為主線，自然跟富士山沒有多大關連。可是，在故事結束之際，卻提及了富士山之所以名為「富士」的由來，這雖然出於物語作者的豐富聯想力，但也因而使我們對於作為日本象徵而為大多數人所熟悉的名山其得名由來產生了濃厚興趣。

富士，在日語中既可表示有很多士兵之意，也跟不死藥的「不死」諧音，也許因此而令物語作者產生聯想，豐富了作品的渲染成分和浪漫氣氛，也替富士山的命名增添了一個動人的神話傳說。

然而，富士山究竟是怎樣得名的呢？我們知道：富士山，日語叫做 FUJI-SAN，原是座活火山，從日本的奈良朝至平安朝（公元 710 至 1192 年）之間一段頗長的時間還有煙火噴發。同時，它也是日本的最高山峰，氣勢豪邁、壯觀，從來就是日本的象徵，日本人甚至奉之為聖山。可是，對於它的得名，卻並無定說，大概有下列幾種說法：一是認為源自古蝦夷（原居於庫頁島和日本北海道一帶的少數民族）語的 FUJI，意為造物主的祖母。另一說法認為源自古蝦夷語的 HUCHI 或 UNCHI，意指火或火之神，漢字傳入後，以「富士」二字跟此等語源之發音相近，故取名「富士」。此外，也有認為「富」是大的意思，富士二字的發音跟北海道的「風不死岳」有關。另外，又有認為跟植物「藤」有關，因為「藤」的日語發音正與「富士」相同，真可說是眾說紛紜，不一而足。

富士山位於日本靜岡和山梨兩縣之間，高 3,776 米，是日本最高的山，頂部長年鋪上白雪，山勢壯麗優美，是日本人最為崇拜的聖山，不少市、町、村都冠以「富士見」的地名，附近的縣市固不必說，甚至遠在北海道和四國，即使看不見富士山，也有取「富士見」為地名之處，足見富士山對日本人的影響多麼深遠。

地位崇高的歌物語

歌物語

音 うたものがたり

由於要說明日語「物語」一詞跟漢語「故事」一詞的不盡相同，因而提及內容豐富的日本物語文學、提到了《竹取物語》。現在接着談有關物語文學的知識。

《竹取物語》雖然被稱為「物語的鼻祖」，但它只是物語文學的一種，以早期物語文學來說，最初分為兩類。一類是「傳奇物語」，它是以散文形式來敍述虛構故事的物語，這些虛構的故事，大都取材於民間流傳的神話、傳説，由作者整理加工，注入和增加空想成分，然後編寫成情節較為完整的故事，像《竹取物語》就屬於這一類。

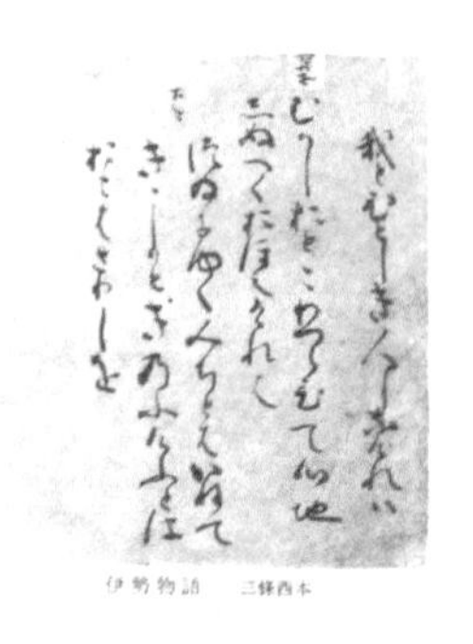
伊勢物語　三條西本

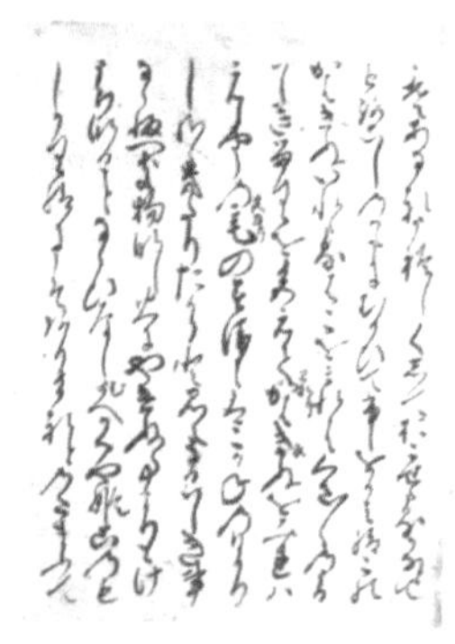
《竹取物語》和《伊勢物語》書影

另一類則稱為「歌物語」，它以「和歌」為主，所謂「和歌」，簡單地説，就是日本發展得比較早、有固定形式的一種詩歌體裁。而「歌物語」就是把詩歌的前言説明部分加以延伸，發展成以敍述方式帶故事性的內容。在形式上，「歌物語」是詩歌和散文的結合；在內容上，則把詩歌主題跟故事連繫起來，用故事來介紹詩歌作品。這跟中國的「本事詩」性質有點近似，只是「本事詩」中神話、傳説成分較淡，着重描述具體事情；以文學地位而言，「本事詩」也不及「歌物語」般那麼受人注意。

最早的「歌物語」作品是《伊勢物語》，成書年代跟《竹取物語》差不多，大約在公元十世紀初的平安朝，作者是誰也不大清楚。但在日本文學發展史上，兩者同樣有其崇高而重要的地位。

歌物語之始《伊勢物語》

伊勢物語

音 いせものがたり

跟《竹取物語》差不多同時代出現的《伊勢物語》，是日本物語文學另一流派「歌物語」最早的作品。全書以二百零六首和歌為中心，分為一百二十五個小段，各段的篇幅長短不一，通過敍述故事的形式介紹詩歌。雖然不似傳奇物語般有較為完整的情節內容，但以某一個人物為主要線索，貫串全書。所以，各段之間似相連又並不相連，既各有獨立內容的小故事，亦不失整體性。各段起頭大都以「從前有一個男子」這句話開始。由於書中的和歌主要是當時著名的「六歌仙」之一、一位名叫「在原業平」(ARIWARA NO NARIHIRA) 的王子的作品，因此他就是書中的主人公，甚至有人認為《伊勢物語》可能是他的遺作，或是業平死後，由他的親友整理其遺稿而編成的作品。

《伊勢物語》從描寫主人公的「初冠」儀式開始，一直到他臨終賦詩慨歎人生為止，剛好敍述了一生之事。(所謂「初冠」，是日本古代貴族十一歲至十六歲時舉行的成年儀式)。書中所寫，主要是男女間的愛情和人生離離合合、喜怒哀樂的種種世態，文筆樸素、簡潔，感情純真、優雅。其中人物的性格，大多通過詩歌反映，較少從人物的對話和行為直接表達，而且側重人物的內心刻劃和心理狀態描寫。

這種詩歌和散文的結合，抒情與敘事相連的表現手法，不僅確立了日本古代文學的一種新體裁，而且對後來的物語文學、小説創作等發展，無論從內容或藝術表現手法上，都產生極大影響。

日本文學不朽巨著《源氏物語》

源氏物語

音 げんじものがたり

自《竹取物語》開始了傳奇物語、《伊勢物語》開始了歌物語之後，物語文學得到了很好的發展。到了日本平安朝中期，即公元十一世紀初，日本文學史上曠世巨著《源氏物語》終於誕生。它不但被視為日本古典文學中最出色的傑作之一，而且在世界文學史上也有頗高地位。《源氏物語》的構思博大，對後世文學發展影響深遠，在日本，可説還沒有其他作品的成就足以和它相比。

《源氏物語》的作者紫式部（MURASAKISHIKIBU）是位女作家，本姓藤原，名字不詳。「紫」是從書中女主人公「紫姬」而來，「式部」則是因其兄曾任「式部丞」而得名。紫式部家學淵源，是書香門第的才女，一門之中多有名的歌人，父親還兼長漢詩，對中國古典文學素有研究，這些都令她受到很好的文學薰陶。她自幼熟讀中國文學，對白居易的詩歌造詣尤深。這些背景對《源氏物語》的成書自然有很深關係。

《源氏物語》全書共五十四卷，字數接近百萬，寫作歷時前後十年才完成，可說是內容豐富的長篇巨構。書中主要描述當時宮廷貴族的生活，屬於寫實性質的小說。它總共涉及了四帝八十餘年間的事情，出場人物共有四百餘人，令人印象難忘的也有二三十人。無論愛慕、嫉妒、悲哀、歡樂等，都描寫得非常細緻，表現了人物的鮮明性格和複雜的心理狀態，真確地反映了生活的本來面目。所以，它既不是虛構性質的「傳奇物語」，也非以和歌為中心的「歌物語」，而是融合了眾物語之長，以實事為基礎的新體裁：「歷史物語」。

あ（安）	い（以）	う（宇）	え（衣）	お（於）
a	i	u	e	o
か（加）	き（幾）	く（久）	け（計）	こ（己）
ka	ki	ku	ke	ko
さ（左）	し（之）	す（寸）	せ（世）	そ（曾）
sa	si (shi)	su	se	so
た（太）	ち（千）	つ（川）	て（天）	と（止）
ta	ti (chi)	tu (tsu)	te	to
な（奈）	に（仁）	ぬ（奴）	ね（祢）	の（乃）
na	ni	nu	ne	no
は（波）	ひ（比）	ふ（不）	へ（部）	ほ（保）
ha	hi	hu (fu)	he	ho
ま（末）	み（美）	む（武）	め（女）	も（毛）
ma	mi	mu	me	mo
や（也）		ゆ（由）		よ（与）
ya		yu		yo
ら（良）	り（利）	る（留）	れ（礼）	ろ（呂）
ra	ri	ru	re	ro
わ（和）		を（遠）		ん（无）
wa		o		n

註 1. 假名括號內為該假名的漢字原形。

2. 日語羅馬字拼寫法有「日本式」和「標準式」（黑本式）兩種，拼寫法括號內的是「黑本式」，黑本即 James Curtis Hepburn，美國人，1859 年曾到日本研究日本語。所編《和英語林集成》，用的即為「黑本式」拼音法。

你的國字

我的漢字

漢字與假名

漢字

音 かんじ

由「物語」一詞，我們談到日本的物語文學，因而介紹了作為「傳奇物語」之始的《竹取物語》，「歌物語」之始的《伊勢物語》和「歷史物語」之始的偉大巨著《源氏物語》。上文只是作了極簡單的介紹，在《源氏物語》後還有更多更豐富的內容未及詳寫，但已足以令人了解：「物語」一詞在日語中涵義深廣，並非「故事」一詞所可概括。

另一方面，我們也可了解到：中日兩種語文，雖然同樣利用漢字構造詞語，但有些意義是相同的，有些卻相差很遠，不可隨便地「望文生義」。談完「子貓物語」，接下來會談談一些簡單的日語常識和在日常生活中較常見的字詞的意義，好使我們不致因「望文生義」而產生誤解。

說「望文生義」，那是因為日語書寫中有不少漢字，可是，如果不懂日語，會對其中一些稱之為「日文」的符號即使「望文」也無法「生義」，那就是日本本身創製的文字：假名。換言之，日語的書寫系統有漢字和假名兩種。其實，每一個假名都由減省漢字筆畫或由漢字的草體演變而成，可說是漢字的省體或變體。因為假名早於公元八世紀便出現，演變至今，它的「漢字外貌」並不容易辨識，為方便起見，便稱它為「日文」而已。上文提及過的物語文學中最早面世的《竹取物語》，便是第一本用假名寫成的物語文學作品。但為甚麼這些「日文」被喚作「假名」呢？我們不妨作個粗略的了解。

假名的作用

說日語中的「假名」「望文」而不能「生義」，不但對不懂日語的人來說是如此——就連它本來的作用也是如此。漢字是表義性極強的文字，至於「假名」，原本是為了配合日語的需要，以作標音之用，可說是日文的注音字母。每個假名本身原則上是沒有意義的。

一開始，日語只有語言而沒有文字，即有發音而沒有代表這發音的符號。漢字自中國傳入後，被日本人多方利用，其中之一就是借漢字的讀音作為表達其固有語言的發音符號。例如日本稱「山」這個概念為 YAMA，但沒有表達這個發音的符號，後來發現漢字之中「也末」兩字的發音跟 YAMA 接近，於是便用「也末」二字標註「山」的發音，書寫「也末」二字，也就代表「山」了。當然，「山」是比較簡單的，其他情況就不那麼容易理解了。這種不管漢字含義，只採漢字讀音作標音符號的做法，用多了自然也有問題，一是漢字同音字多，如果漫無標準地任意選用一定非常混亂。其次，在一篇文章中，有些漢字只作表音，有些卻表義，閱讀起來容易混淆，不知道哪些字是表音用，哪些是表義用，於是只好想辦法改善。

起先，日本人把表音用的漢字寫細小些，以示區別，但始終沒有解決根本性的問題。漸漸地，便再由省略、歸併、改進而形成了與漢字字形差別較大的符號，終而演變為今天的「假名」。其實，每一個假名都跟漢字有關，只是我們不容易察覺而已。像上文所舉的「也末」，已經算較容易辨認的了。

假名和眞名

對一個不懂日語的讀者來說，閱讀一篇日語文章，總覺得其中有些是「漢語」，有些是「日語」。其實，那些所謂「漢語」，就是日語中的漢字成分；至於感覺上是「日語」的，就是日語的假名成分。假名源於漢字，只因為經過長期演變和發展，才成為今天好像跟漢字完全無關的模樣，這點上文已經提及。假名共有三種：最初出現的叫「萬葉假名」，其後經過發展，出現了「平假名」

和「片假名」，現代日語中應用的就是平假名和片假名兩種。

所謂「萬葉假名」，即前文提及利用漢字作為表音符號的標音法。字雖然仍是漢字，但只是借用漢字的字音，所以叫「假名」，一個不懂日語的中國人是看不懂其意思的。這好比有些人學英語，將GOOD MORNING的發音寫成「骨摩寧」一樣，有音無義。由於日本最早的一本和歌集《萬葉集》（公元八世紀）利用這種方法寫成，所以便命名為「萬葉假名」。

但是，僅作標音之用的漢字在行文中容易跟其他兼具意義的漢字引起混淆，於是日本人只好另想辦法，令表音和表義的漢字能更有效地各司其職。日本人想到，對表音用漢字，或只取其部分偏旁，或寫成草體，總之跟漢字的原本模樣差別愈大愈好，變為純作標音用的「符號」。只取漢字部分偏旁，像把「阿」的「阝」部分單獨抽出寫成「ア」，那是「片假名」的做法。寫成

萬葉集

集め、中からよい歌を選抜し、または原資料のまま組み入れ、あるいは表記法を一字一音の仮名に

ものの集合体である。それ故、漢字によって日本語を記す方法もさまざまで、多くの工夫が見出さ

漢字の字音によって国語を表記するもの

阿米（アメ・天） 久尓（クニ・国） 許己呂（ココロ・心） 登布（トフ・問ふ） 奈我良（ナガラ・

漢字の意味によって国語を表記するもの

(1)正訓　天（アメ） 国（クニ） 情（ココロ） 問（トフ） 草枕（クサマクラ） 光儀（スガタ）

(2)借訓　鶴鴨（ツルカモ・助動詞と助詞） 小谷（ヲダニ・助詞） 名津蚊為（ナツカシ）

萬葉集中，可見阿米指天，久尓指國，許己呂指心等，都是以漢字表音，不用其義

草體的，像把「安」寫成「あ」，那是「平假名」的做法。由於有了「假名」，相對地，所有具含意的漢字便叫「真名」。

其實，「假名」只是假借的假，不是真假的假。

談談日本的「國字」

国字

音 こくじ

日語中除了「假名」之外，還有「真名」，真名就是漢字，「名」原是「字」的意思，日本人把漢字視為「真名」，自是認為漢字才是真正的文字之意。可是，「假名」並不等如「虛假的字」，只是「假借」漢字來標示日語發音的「文字」而已。

日語中的漢字，不全是源自中國，有些是日本人利用漢字的造字原理創造出來的。這種日本本身特有的漢字，稱為「國字」，以區別於自中國傳入的漢字。這些「國字」，在中國人看來會覺得字形古怪，一下子不大容易了解它的意義，可說「望文」不能「生義」，亦無法以漢語唸出。前文談及的「狆」字，由於在漢語也有這個字，所以不能算是「國字」，但漢語的「狆」，其意義跟日語中的完全不同，這個字在日本出現之初，恐怕與漢語的「狆」無關，嚴格來說，也有點「國字」的味道。

順便一說，日本人自己創造的漢字稱為「國字」，但如果是漢、日語中共用、共通的漢字，卻含有只有日語中獨有的義項，這一層義項就稱做「國訓」。像「狆」字在日本作哈叭狗解，就屬於「國訓」了。「國訓」的「訓」跟「訓詁」的「訓」相似，是「解釋」、「釋義」的意思。前文提及的「子」字在日本作為添附於女子名字末尾的用法，也該算是「國訓」。

「國字」亦稱為「和字」，「和」就是日本，這種叫法自然是為了與「漢字」相對、區別，但也可理解為「和製漢字」的意思哩！

君子之學也以「美其身」

日語有「假名」，也有「真名」。「真名」就是漢字，日語中的漢字，絕大部分源自中國，但亦有部分由日本人所創造，稱為「國字」，也喚作「和字」。雖然「和字」的樣子看來很像漢字，但即使對不諳日語的中國人而言，也會覺得它的「和」味很重，根本唸不出其讀音來。日本的「國字」之中，大部分都是利用「六書」中的會意方法造出來的，屬於會意字的居多。由於是會意字，所以雖然驟然看起來不認得，但略經解說，也就容易明白了。接下來姑且舉些例子說明。

日語漢字中的「躾」字，在漢語裏是沒有的，不但《說文解字》中找不着，《康熙字典》中也沒有，是個標準的日本「國字」，我們應該唸不出它的漢語讀音來。不過，將這個字的結構跟意義結合起來看，它是一個很有意思的國字。

「躾」的讀音是SHITSUKE，意思是「教養」、「禮貌」。如說「某人的教養如何如何」、「對孩子的教養應該怎樣怎樣」，都可以用這個「躾」字。

「躾」由「身」、「美」兩個字合成，「身」的「美」並不是指體魄健美、樣子漂亮，而是表示「有教養」。換言之，具有教養的、禮貌的「身軀」，才是「美好」的「身體」。中國古代大儒荀子說：「君子之學也以美其身，小人之學也以為禽犢。」又說：「小人之學也，入乎耳，出乎口，口耳之間則四寸耳，曷足以美七尺之軀哉！」日語的「躾」字作「教養」解，恐怕是取義於此吧！

「躾」的語源

仕付

音 しつけ

在談「躾」這個「國字」的時候，我們特別提到荀子「君子之學也以美其身」，以說明「身」和「美」兩者組合起來而作教養解是個寓意深遠、別具心思的想法；這雖然是單從文字結構而體會出來的聯想，但也有一定的道理。不過，要是從語源的角度來看，「躾」的含義也許還該有另一番理解。

首先，「躾」的讀音是SHITSUKE，這個讀音可以有另一種寫法——「仕付」。「仕付」二字並非漢語詞語，我們自然感到陌生，不明其意。按理來說，它應該早於「躾」字出現而又屬於同一語源。原來「仕付」跟縫製衣服有關。在縫製衣服的過程中，除了畫樣、剪裁之外，於未真正細緻地縫製之前，為了使衣服的形制得以保持、固定、略具規模，往往要依畫好的線紋用針線粗略地先行縫合一次，看看它的模樣如何，要是有甚麼不妥的話，也可以及時更改、修正，直到滿意了，才加以細細縫好。這個粗略地先行縫合的過程，便是日語所謂之「仕付」了。小孩子在成長過程中，需要受到所在社會的文化和道德規範，使之認識和熟習這種客觀準則，成為他的「教養」，就好比縫製衣服前粗略地先行縫合一次那樣，目的都在於使之有既定的規矩可循，不致走向偏差。

語源雖然如此，但「躾」字的出現，便使我們不至聯想到縫製衣服的過程去，而更集中於「美其身」這一層人格教育上的意義。此外，「仕付」一詞在日語中還可以用來指「插秧」，事實上，植田插秧，也是需要分行細插，遵守一定秩序的啊！

神之木

日語中的「國字」以會意者居多，字的構成往往可以由組合結構推敲出意義來，像「身」和「美」合成「躾」，以表示教養的意義，就很有點中國傳統「德潤身」的道德哲理意味，可說是個別具心思的會意字。

與此相類的「國字」，還可略舉一些例子說明。像「榊」字，是由「木」和「神」兩個字組合構成的，它是楊桐樹，也是寺廟等處常綠樹的總稱。「榊」的讀音是 SAKAKI，因它是「國字」，所以沒有漢語讀音。「榊」這種樹，屬於椿科的常綠喬木，於春天開花，在日本本州西部的山林中較多，九州的山地裏也有，只是葉子形狀稍有不同而已。

由於它是常綠喬木，使人覺得與一般樹木不同，因而聯想到神的恒常不滅、永生不息，認為它跟神的關係密切，於是，日本人往往攀折它的枝條作為供奉之用，其後更漸漸地加上其他紙條、玉串和五色飾物之類，益增其神祇尊貴的象徵。日本原是個信奉神道教的國家，這種樹既用以供奉神祇，故被尊為「神木」、「賢木」，而「榊」字亦因此被創製。顯而易明，「榊」就是「神木」，也就是「神的樹木」的意思。

如今，除了楊桐樹外，所有在寺廟、神社等有神祇的地方生長着的常綠樹，也通通被稱為「榊」。這不是一個很容易推敲出意思來的會意字嗎？

山的上上下下

日語中的「國字」，前文先後談過「躾」和「榊」，並以之為例，說明國字大都依照六書中的會意方法創製，只要略加解釋，都可通過字的組合結構來推敲其意義。

現在要談的另一個國字「峠」也是如此，一望而知，它是「山、上、下」三個漢字的組合，自是跟山的上上下下有關，也是個典型的會意字。「峠」的讀音是

「TOOGE」，因為是「國字」，自然沒有漢語讀音了。

「峠」雖然是個看來很易理解的會意字，但它的確切意義和用法是甚麼呢？我們不妨略為詳細了解一下。原來「峠」指的是登山下山的山路最高處，可以看到山的上上下下的地方。有時也用以指山頂、山巔、山嶺。由於越過這山路的最高處，便可在山的另一邊順山而下，找尋新路，因而轉化成為事物的頂點、極點的意思。再引伸為危機、危險期、最高潮等意義，特別是常跟「越過」、「渡過」等意思組合使用。所以，除了和「山」有關的場合可用其原義外，如提及溫度的冷熱程度、渡過病患的危險期、解決某些危機等，都能用「峠」以表示事物頂極情況。「峠」的右邊是「上下」兩字，可別錯認作漢字「卡」；而在某些日本地名中，也往往把左邊的「山」寫作「土」，變成「垰」字，讀音稍異，意思卻是相通的。

語源和概念

日語漢字中「國字」的出現，往往是因為在漢語裏沒有表達相同概念的用字、用詞，只好自己創造。如果在漢語可以找得到的話，自然可以借過來用，不必另行創製了。既沒有恰當的用字、用詞來反映日本人想表達的概念，那就只好另找途徑、創造新字或新詞了。我們所提過的「躾」、「榊」、「峠」等字，都是因為漢語中沒有表達相同概念的漢字而被創造的，而每個字都因其特殊背景和不同的語源關係而有其獨特的造字方法。

像「躾」之為「教養」，雖然可追溯到古人所謂「君子之學以美其身」的說法，但它在日語的語源，卻跟縫製衣服的過程有關。那麼，為甚麼不直接用「教養」一詞而要另創一「躾」字呢？事實上，日語中也確有「教養」一詞，可是，「躾」所偏重的概念，主要是指培育人們（尤其是小孩子）熟習道德規範的教育過程，跟具有一般性意義的「教養」稍有不同，反而與縫製衣服時用針線粗略地先行縫合一次的所謂「仕付」過程相似，因而通過聯想，借用來反映含有教育過程意義的教養概念。「躾」字顯然是其後為了要跟縫衣服過程（「仕付」）有所區別才創製出來的，但保留了「仕付」（SHITSUKE）的讀音，使我們可以了解到兩者的語源關係。

表面看來，教養跟縫製衣服風馬牛不相及，然而，通過概念的聯想，便可使之連繫起來，就像漢語中的「經」字，原只是「直線」而已，通過聯想、引伸，便可以用來反映「經常」、「經典」、「經國」等三個不同的概念呢！

「峠」的語源

手向

音 たむけ

要追溯反映某些特定概念的詞語起源，往往會有不少有趣的發現。雖然要尋找出詞語之間的關連所在並不是件容易的事，有時可能僅屬猜測，甚而含附會成分，但通過語音是否相同、接近和變化去了解字詞的源流關係，應該算是一條較為可靠的途徑，中國清代學者主張以聲音明訓詁，也正是利用字詞語音關係去探究語源的一種方法。

正如「躾」一樣，「峠」的語源也可以使我們對它的含義產生更深的理解。不錯，「峠」從字形結構上看，「望文」已能「生義」，是個很易理解的會意字，指的是越過山路的最高處，跟山的「上上下下」有關。漢語中和「山」相關的用字雖然極多，卻沒有一個足可用來表達跟這個概念相同的字，日本人便只好另行創製這個「國字」出來了。何況，通過聲音上的追尋，「峠」也有其本身語源由來呢！

原來「峠」的讀音 TOOGE，也可讀成 TAUGE，都是由 TA-MU-KE 一詞變而成的。TA-MU-KE 的漢字寫作「手向」，是獻與神佛或給神佛禱告時上供的物品，含有奉獻或祈福的意義。當人們沿路登山，達到頂部盡頭，也就是所謂「峠」的地方，可算是越過了山的這一邊，再往前行，便是山的另一面，得順山而下尋找新路了。這個地方，往往就是過客們向守路神祈福禱告、希望旅途得以繼續安穩順利的所在，於是，日本人就把這地方稱為 TA-MU-KE（手向），其後經過了發音上的變化才出現了如今的讀法。至於在書寫上創製了「峠」這個國字，顯然能令人更容易明白它跟山的關係。

上下相連的衣服

音 かみしも

「峠」令人聯想起日語中另一個字形跟它很相似的國字——「裃」。

「裃」也是一個會意字，同樣可以從它的字形結構來說明其意義。「裃」的組合成分是「衣、上、下」三個字，最明顯不過，它的意思就是指「上衣和下衣」連在一起的衣服。不過，並非所有「上衣加下衣」的衣服都稱為「裃」，「裃」特指某種形制的和服。

「裃」字的讀音是 KA-MI-SHI-MO，「KA-MI」是「上」，而「SHI-MO」則是「下」，所以，合起來其實就是「上下」的意思。換言之，它並不跟「躾」、「峠」般需要從語音上去追尋和它相關的語源和概念，因為單從字形結構便能看出「上下衣」的組合，再加上從讀音的角度來說，仍然是「上下」衣的關係。因此，「裃」可說是形、音、義都相當吻合一個國字。

至於這種「上下衣」的和服「裃」，究竟是甚麼模樣的呢？原來所謂「裃」，是無袖廣衣和裙袴合而為一的衣服，在日本古代是頗為講究的一種服裝。「裃」的肩衣闊大，向兩邊張開，有如鯨鬚，襯以美觀的襞衣，很有氣派。在江戶時代（公元十七至十九世紀）作為禮服、公服用之時，胸背還往往繡上家徽，以顯示出身份來。另一方面，「裃」有長裙袴的「長裃」和短裙袴的「半裃」兩種，前者用於身份高的武家禮服，後者則作為一般公服之用。後來，由於普通老百姓也獲准在婚禮、葬禮中穿着，於是「裃」也不一定再限於作為公服之用了。

火之田．白之田

音 はたけ

前文談及的幾個日語「國字」，雖然要略加解說，才能明白它們的意義和相關知識，但因字形本身都是會意字，所以即使不理會發音和語源，單從字的結構成分來推敲其意思，相信也不致太困難。接下來要談的另一個國字——「畑」，就是一個單從字的組合成分來理解其意義會更為直接、易明的例子。

「望文」而「生義」，「畑」由「火」跟「田」組合而成，本來指用火燒過草木而造成的耕地，現在用以指乾地、旱田而言。原來一般的「田」，主要用以種植水稻，在田字旁邊加上「火」，可表示它沒有水，自然不是用來耕作水稻的了。所以用來種植蔬菜或其他不必大量水分灌溉的農作物的田地就叫做「畑」，好跟一般的水稻田加以區分。

「畑」既是個「國字」，自然沒有漢語讀音。它的日語讀音是「HATA」或「HATAKE」。另一方面，「畑」還有一個寫法：「畠」。「畠」也是個「國字」，同樣以會意方法造字，只是在意義的理解上沒有「畑」那麼直接、明顯而已。

「畠」由「白」和「田」兩個字結合而成，但「白」卻不是白色的白，而是空白的白，表示乾地一片空白，沒有被水淹浸。空白而沒有水掩浸着的耕地，不就是乾地、旱田了嗎？

同一層意義，同一個概念，卻可以通過不同的理解方式反映出來。火的田，白的田，都是沒有水的旱田，不正正說明我們對事物的看法，可以有不同觀點和角度嗎？了解會意字是怎樣把「意」給「會」出來的，確是件有趣的事。

田之鳥

鴫

音 しぎ

同是乾地、旱田，我們既可用「火之田」的「畑」，即燒除草木後沒有水淹浸的耕地這個想法去表達；也可通過「白之田」的「畠」，即空白無水、乾涸狀態的田圃這層意義去聯想。可見會意字的產生，往往從不同構思而來，主要視乎觀點和角度，把要「會」的「意」反映出來即可。

談到「畑」、「畠」，令人聯想起另一個跟田字有關的「鴫」字來，這也是一個日語「國字」，同樣是個會意字，屬於「鳥」部而非「田」部。「鴫」字所「會」的「意」簡單不過，就是「田鳥」，即「活動於田間的鳥」之意。這是一種甚麼鳥呢？其實就是我們所說的「鷸鳥」。提起「鷸」，少不免想起「鷸蚌相爭」這句成語；而一想到「蚌」，我們聯想到的恐怕是「水邊」而不是「田」。所以，即使未見過鷸，我們也只會聯想到牠是一種水鳥，而不會聯想到牠是「田鳥」。

事實上，鷸是一種棲息於水田澤邊的鳥兒，喜歡捕食小魚、昆蟲之類，大抵日本人多於田間看見這種鳥兒活動，所以便把「田鳥」二字合起來稱之為「鴫」。一般來說，日語的「國字」往往因為漢語裏沒有相類或足以反映其特有概念的漢字才被創製出來，但是這種鳥兒在漢語中既已命名為「鷸」，日本人仍要另造「鴫」字，可見他們相當重視這種鳥跟「田」的關係。不過，在日語中，「鷸」字同樣是可用的，意思和發音跟「鴫」一樣，兩個字都讀作「SHIGI」，反而使用漢語可無法把「鴫」讀出來哩！

ア（阿）	イ（伊）	ウ（宇）	エ（江）	オ（於）
a	i	u	e	o
カ（加）	キ（幾）	ク（久）	ケ（介）	コ（己）
ka	ki	ku	ke	ko
サ（散）	シ（之）	ス（須）	セ（世）	ソ（曾）
sa	si (shi)	su	se	so
タ（多）	チ（千）	ツ（川）	テ（天）	ト（止）
ta	ti (chi)	tu (tsu)	te	to
ナ（奈）	ニ（仁）	ヌ（奴）	ネ（祢）	ノ（乃）
na	ni	nu	ne	no
ハ（八）	ヒ（比）	フ（不）	ヘ（部）	ホ（保）
ha	hi	hu (fu)	he	ho
マ（万）	ミ（三）	ム（牟）	メ（女）	モ（毛）
ma	mi	mu	me	mo
ヤ（也）		ユ（由）		ヨ（与）
ya		yu		yo
ラ（良）	リ（利）	ル（流）	レ（礼）	ロ（呂）
ra	ri	ru	re	ro
ワ（和）		ヲ（乎）		ン（二）
wa		o		n

＊（　）中為該片假名的漢字本源

日本人過新年

一年將盡「大晦日」

大晦日

音 おおみそか

一年將盡，中國人把年終最後一天稱為「除夕」，日本人則管它叫「大晦日」。為甚麼叫「大晦日」呢？我們且先從「晦」和「晦日」說起。

日語中，「晦」和「晦日」的用法都與漢語無異，在漢語裏，「晦」跟「瞑」一樣，都是昏暗的意思。「晦日」就是「昏暗的一日」，但不是任何昏暗的一天都叫「晦日」，而是特指每月最後一天。以陰曆來算，「晦日」不是每月的二十九日便是三十日了。我們知道：陰曆的一個「月」，

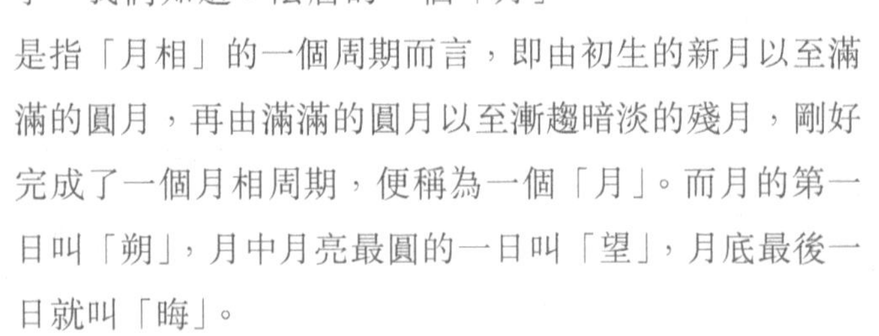

是指「月相」的一個周期而言，即由初生的新月以至滿滿的圓月，再由滿滿的圓月以至漸趨暗淡的殘月，剛好完成了一個月相周期，便稱為一個「月」。而月的第一日叫「朔」，月中月亮最圓的一日叫「望」，月底最後一日就叫「晦」。

「晦日」的月亮應該是最昏暗的，到了第二天的「朔」，雖然也不很明亮，但卻代表了再生、復蘇、漸趨光明的意思。

漢語中沒有「大晦日」，而日語中的「大晦日」也並不表示這是一年最暗的日子，只是每個月既然有「晦日」，為表示十二月的最後一天跟其他月份不同，具有特殊意義，所以特別加上了「大」而成「大晦日」，那就既是「月終」也是「年終」了。

日本人過「大晦日」要吃「年越麵」，「年越」即由舊一年渡越至新一年的意思，含有好意頭。此外，寺院也會響起「除夜鐘」，讓人們聽聽這一年將盡的信息，並期待着一個新的開始。

一元復始「御正月」

御正月

音 おしょうがつ

一元復始，萬象更新，新年給人們帶來了新的氣象、新的希望，朝氣勃勃，大地充滿了生機，人間洋溢着喜慶。雖然各地過年的風俗習慣各有不同，但都將之視為一年最重要的節日，卻是相同的。日本深受中國文化影響，過年氣氛也跟中國相似，一片祥和、歡樂而溫情洋溢。事實上，日本人過新年的其中有

些習俗行事，本來就源自中國；有些甚至跟中國人的風習完全一樣的哩！

前文提及的「除夜鐘」，據說就是源於宋代寺院的做法的。當時的禪寺，早晚敲鐘一次，每次敲撞一百零八下。傳至日本後，起初同樣是禪寺每天敲撞兩次，但約自十五世紀，即中國的明代中葉以後，便只剩下除夕當夜才敲鐘，沿用至今，已成習俗。照日本人的想法，一百零八下鐘聲，象徵着一百零八種煩惱隨着將要結束的一年而逐一破滅，送走舊年的同時也把煩惱送掉。時至現今，電台還往往在除夕之夜，播放着著名寺院敲撞的鐘聲，讓人們不必到寺院去也可親耳聽到這些梵鐘之音。

聽過除夜鐘，便可以在家守歲，以待元旦的來臨；但亦有很多人會到神社去參拜。在除夕深夜至元旦黎明前一段時間到神社參拜，稱為「二年參」，因為這次參拜跨越兩年之間；也可叫做「初詣」（詣就是到的意思），因為這是一年中最早到神社的一次參拜。不管叫「二年參」或「初詣」，都是為了迎接新年的神，並向之祈福許願，以期整年順境。這跟我們中國人新正之時到寺廟去拜神求福的作用是相同的。

除夕過後，便是元旦，便是新年，也就是日本人所說的「御正月」。「御正月」有很多可談之處，留待下文分曉吧！

新年之火

日語「正月」跟漢語一樣，都指「一月」而言，但加上了「御」而成「御正月」，便專指「新年」，跟漢語「新正」用法差不多。不過，要注意的是，漢語的新正、新春，都是指陰曆而言，日本雖然保留了不少中國的傳統節日和習俗，但奉行新曆，所以除少數農村，一般「御正月」都指新曆而言；習俗行事也依照新曆進行。

「御正月」的元旦日，在日本，不論男男女女，成人小孩，都穿上漂亮的和服，花枝招展、喜氣洋洋地上街去。元旦日最重要的行事，就是到神社、廟宇去參拜。除了祈福許願之外，還會從神社取火種回家，以便生出「新年之火」。這種取火種回家的習俗，據説是源自中國古代的「改火」：一年既盡，「舊火」也不該要了，需要重新鑽取，希望「新火」帶來周年興旺。中國某些地區所説的「旺相」、「旺年火」、「大旺火」之類，便是指這種風習而言。日本這種取火種回家風習，其中最著名的要算京都八坂神社的「白朮參」。白朮原是種藥材，除夕開始，八坂神社便以新鑽的火燃點特製的白朮乾，稱為「白朮火」，人們拿着特製的、稱為「吉兆繩」的火繩，把白朮火移點其上，然後拿回家生出「新年之火」，既可用來燒煮稱為「雜煮」的元旦食物，也可燃點到神龕、佛壇上去，如此一來便會祓邪開運、帶來周年的興旺了。

新年之水

若水

音 わかみず

日本人喜歡在「御正月」除舊布新，迎接一年新的開始。上文提及日本人有把「舊火」換上「新火」的「改火」習慣，有些人在除夕時便把引火用的碎木片埋於圍爐內，讓它們不斷地慢慢燃燒，成為新一年的火種；也有完全把火熄掉，等到元旦才再燃點起新火來。如果有來自同一家族而獨立成家的家庭成員，還會回老家去取火種，而這些火種，很多就是從神社參拜之後取回來的「新年之火」。

除了「改火」，還有過年改用新水的習慣。所謂新水，即新年元旦日大清早第一口汲取的水，這可說得上是「新年之水」了。在日語中，這「新年之水」稱為「若水」，「若」字在日語中的用法跟漢語有點不同，除了「如果」這一層意思外，還有「年青」、「新嫩」、「朝氣」等意義，像年青人便叫「若人」、「若物」，嫩葉便稱為「若葉」，朝氣便是「若氣」等。而「若水」無疑是歲首「清新鮮嫩的水」了！

如住在山間，便可往谷中的河川、溪流中汲取「若水」；住在平地的話，便在流泉或井水中汲取。一般來說，由「年男」負責汲取「若水」，在西日本某些地區，也有由女性司職。所謂「年男」，就是主持新年行事儀節的男子，通常都由一家之主、長男或與當年干支相配的男子充任。取回來的「若水」，會作為燒煮新年時奉與年神的供品或家中過年食品、漱口或泡茶之用。人們用過「若水」之後，可以整年免除邪氣，平安大吉。

時至現代，自來水已很普遍，自然不必到山間井邊去汲取，但仍有不少人在家中水龍頭上繫上過年時裝飾用而含有吉祥意頭的稻草繩，作為汲取「若水」的象徵。

新年要飲屠蘇酒

談「新年之火」的時候，我們曾提及著名的京都八坂神社的「白朮參」。這種白朮，原是一種中國草藥名稱，除了與「新年之火」有關外，它也是「御正月」期間所飲用的「屠蘇酒」的材料之一。

在新年期間進飲屠蘇酒，是比較明顯地受到中國影響的風習之一。宋代大詩人蘇東坡有「但把窮愁博長健，不辭最後飲屠蘇」之句；編於梁代的《荊楚歲時記》更清楚地記述：「正月一日是三元之日也，長幼以次拜賀，進屠蘇酒。」可見新年進飲屠蘇酒這種風習由來已久，淵源甚遠。

這種風習，早在日本嵯峨天皇時代（SAGA

TENNOO，約公元九世紀初）便已傳至日本，原本只在宮中流行，其後才散落民間，成為普遍的風習。如今，作為賀年儀式之一，會在元旦和正月二、三兩日期間進飲，同樣要分長幼，幼者先飲。

據說：新正之時飲過屠蘇之後，可以袪邪免疫、延年益壽，甚至認為有一人飲用一家安寧，一家飲用一村安寧的功效。

為甚麼把這種酒叫做屠蘇呢？原來屠蘇既是草名，也是屋名，若作屋名則又寫作「廜蘇」。由於古人是在「廜蘇」之內釀造這種酒的，因名之為「屠蘇」酒。相傳唐代著名醫家孫思邈有屠蘇酒方，每年除夕，把藥放入袋中投到井裏去，元旦日取出飲用，即可袪病消災，甚至壽過百歲，而其所棲隱的草庵亦名「屠蘇庵」。現在的屠蘇酒是由白朮、大黃、桂心、山椒、桔梗、防風等多種中藥材調合放入袋中，然後浸在酒中釀製而成。可惜在中國，過年時進飲屠蘇的風習已不大流行，否則，當可一嚐這種延年益壽的藥酒，便知道它的滋味為何了！

「利是」？「年玉」！

年玉

音 としだま

在「御正月」期間進飲屠蘇酒的習慣，原是從中國傳入日本的，但在現今的中國反而並不多見。至於中國人過年時最流行的「派利是」和到親友家「拜年」的風習，在「御正月」中又如何呢？其實日本人也有相類近的做法，只是並非完全相同而已。

日本「御正月」風習中，也有跟我們「派利是」相似的，都是把金錢派贈與小孩子，但不稱為「利是」、「利市」或「壓歲錢」，也不用紅封包，而稱為「年玉」（TOSHI-DAMA）。「年玉」在日語中除了「玉石」之玉這一層意思外，還有很多解釋和用法，像一些圓珠形的、球狀的或圓形體的東西，都可稱為「玉」，或以之搭配成詞。甚至圓形硬幣也可稱為「玉」。不過，所謂「年玉」，可並不是把硬幣放在「利是」封套內的意思，而大抵跟圓狀物品的關係比較大。在日本東北某些地方，仍有人在元旦時習慣與家人分吃小餅，象徵着年神對每個人的恩賜。這小餅就叫做「年玉」。所以，「年玉」並不一定是金錢上的贈予。

事實上，「年玉」風習自室町時代（約當中國明朝期間）興起以來，一直都以餽贈物件為主，包括日本刀、筆、硯、酒、魚等東西，對於男女孩子，也分別送贈不同的玩具和小玩藝。這些都並非單是為了應酬而互贈的禮物，而是含有神祇的恩賜、為收受者帶來吉利的意思。時至現代，才逐漸改變為給小孩子派贈金錢。這種派贈金錢作為「年玉」的做法，可說是新興的風習，但因為受大眾傳媒影響，很快便擴及全國，現在已很少用物件作「年玉」餽贈了。亦因此之故，反而與中國「派利是」的風習相近哩！

「年始」要拜年

年始

音 ねんし

談到過年習俗，今昔之間的變化實在非常之大，尤其現今社會不少傳統舊習都為人淡忘，漸趨式微。如今，還保留下來而又極具過年特色的，除了派紅封包「利是」之外，相信便是到親友家去「拜年」、向別人連聲恭賀的活動了。日本「御正月」的行事中，也有類似派「利是」和「拜年」的做法，只是並不完全一樣而已。前文已談過日式利是「年玉」，現在再談一下跟「拜年」相似的「年始」。

所謂「年始」（NEN-SHI），是指一年的開始、即新春的意思，但在「御正月」期間去向親友拜年也叫「年始」，大抵因為大家都是在新一年首次見面，所以也可說是「一年之始」吧！

這種「年始」習俗，在日本可謂源遠流長。古代的日本朝廷固然往往在元旦日大宴群臣，而朝野上下，自皇室貴冑以至一般平民百姓，儘管儀式不同，但都在新年期間向自己的親友祝賀、祈福，彼此來來往往非常熱鬧。不過自從明治維新後，興起了將自己的名片入封，送給親友作為賀年之用的做法，從此逐家逐戶去拜訪的「年始」活動便開始衰落。其後，人們逐漸改用「甫士卡」取代名片，並在其上寫上賀辭，就是至今仍極盛行的「年賀狀」，可以「憑卡寄意」，非常方便，「年始」就更受影響了。當然，至今仍然有保留以到父母親或老闆、主管、老師等尊長或上司的家裏去拜訪、祝賀作為「年始」的活動，只是，「年始」今昔變化之大仍讓人心生感慨。

神祐福地話「年纙」

注連縄

音 しめなわ

除了「年玉」和「年始」這些過年風俗，日本還有一些增添節日氣氛的特殊過年裝飾。

中國人在迎接新春來臨之時，除了除舊布新、打掃居室、粉飾一

番之外，還會在住所門前換上桃符、貼上門神或是張貼寓意吉祥、反映個人抱負的春聯。而在日本的「御正月」習俗中，最流行的，就是在家家戶戶的門前，懸掛上稱為「注連繩」和「門松」的兩種裝飾。在日本人心目中，要是「御正月」時在街上看不見這兩種裝飾，那簡直跟平日無異，毫無過年的節日氣氛可言。

甚麼是「注連繩」呢？日語讀音是SHIME-NAWA，也可稱為「標繩」或「七五三繩」。它原是一種由稻草結紮而成的稻草繩，普遍應用在祭神或新年時懸掛，作為含有神聖庇祐的清淨區域的標誌。「注連」和「標」都讀作SHIME，含有「標界」、「限制」、「約束」等意義，樹立起這種繩索的地方，可以表示某一個區域圍限，有「界繩」的作用。

在祭神的場合，即用以表示在「界繩」之內是「神聖清淨區域」；過年時懸掛起來，便表示自己的家庭範圍是個神祐福地，象徵吉祥的意思。由於這種「注連繩」的懸掛，有一定的間隔，分別以七條、五條、三條稻草繩相間垂下來，所以又稱為「七五三繩」。

如果是「御正月」時懸掛的，這種「注連繩」也可稱為「年繩」，而懸掛「年繩」裝飾的，也就稱為「注連飾」了。

「年繩」與門神的淵源

日本人在「御正月」掛「年繩」的風習，在中國人眼中可能有一種陌生感，因為我們大都只是貼門神、春聯而已，很少人會在過年時在門上掛上繩索，更別說像日本人般幾乎家家戶戶如此了。所以，讀者必定以為這是日本人特有的做法，中國是沒有的。其實不然。不但在古代中國有這種做法，甚至日本人的這個風習，也許還是受中國影響的呢！

很久以前，中國人已喜歡過年時在門前貼上一對門神，直至今時今日仍保留這個傳統。至於門神究竟是誰則有幾個不同說法，比較古老的說法是指神荼和鬱壘二神，相傳他們原是兄弟，居於鬼門，專門掌管群鬼出入，遇有惡鬼，就用蘆葦草造的葦索（草繩）把它們執縛。所以每年十二月歲終之時，民間都在自家門前張貼畫上神荼、鬱壘的肖像畫，作為門神，並且懸掛葦索於門戶之上，以對付惡鬼，防禦凶邪，祈求新一年的吉祥、福祐和好運。

可見日本「御正月」這種以「年繩」裝飾門面的習俗，中國是「古已有之」的，只是現在較為罕見，而在日本依舊相當流行而已。不管這種風習是否源自中國，但掛上「年繩」，希望祓邪免疫、象徵平安福祐，卻是中日老百姓們無分彼此的共同心願。

「年繩」與門神的淵源

日本人在「御正月」掛「年繩」的風習，在中國人眼中可能有一種陌生感，因為我們大都只是貼門神、春聯而已，很少人會在過年時在門上掛上繩索，更別說像日本人般幾乎家家戶戶如此了。所以，讀者必定以為這是日本人特有的做法，中國是沒有的。其實不然。不但在古代中國有這種做法，甚至日本人的這個風習，也許還是受中國影響的呢！

很久以前，中國人已喜歡過年時在門前貼上一對門神，直至今時今日仍保留這個傳統。至於門神究竟是誰則有幾個不同說法，比較古老的說法是指神荼和鬱壘二神，相傳他們原是兄弟，居於鬼門，專門掌管群鬼出入，遇有惡鬼，就用蘆葦草造的葦索（草繩）把它們執縛。所以每年十二月歲終之時，民間都在自家門前張貼畫上神荼、鬱壘的肖像畫，作為門神，並且懸掛葦索於門戶之上，以對付惡鬼，防禦凶邪，祈求新一年的吉祥、福祐和好運。

可見日本「御正月」這種以「年繩」裝飾門面的習俗，中國是「古已有之」的，只是現在較為罕見，而在日本依舊相當流行而已。

不管這種風習是否源自中國，但掛上「年繩」，希望祓邪免疫、象徵平安福祐，卻是中日老百姓們無分彼此的共同心願。

為過年而置放的「門松」，大都擺放到正月初七或正月十五。正月十五是上元節，日本人也稱之為「小正月」(相對而言，元旦便是「大正月」)。「小正月」也有若干行事，其中之一是「火祭」，「門松」之類的新年裝飾，便由各家各戶收集起來，一起送去焚燒，作為「火祭」活動之一。

濁音

が	ぎ	ぐ	げ	ご
ガ	ギ	グ	ゲ	ゴ
ga	gi	gu	ge	go
ざ	じ	ず	ぜ	ぞ
ザ	ジ	ズ	ゼ	ゾ
za	zi (ji)	zu	ze	zo
だ	ぢ	づ	で	ど
ダ	ヂ	ヅ	デ	ド
da	di (ji)	du (zu)	de	do
ぼ	び	ぶ	べ	ぼ
バ	ビ	ブ	ベ	ボ
ba	bi	bu	be	bo

半濁音

ぱ	ぴ	ぷ	ぺ	ぽ
パ	ピ	プ	ペ	ポ
pa	pi	pu	pe	po

中華大字典
國字是這樣創製的

風中的巾——「凧」

凧

音 たこ

日本「御正月」的新年習俗繁多，令人由此聯想到與「御正月」活動有關的「凧」字。

在前文提及日本「利是」——「年玉」——之時，曾談及日本的「年玉」不一定是金錢上的贈予，而是以物件為主。對男女孩子來說，也分別贈以不同的玩具，送給女孩子的多是「羽子」（毽子）、「羽子板」（羽毛毽木拍）或紅箱子之類；送給男孩子的則多是「凧」，「凧」就是風箏。「凧」是一個國字，也是一個會意字，只是需要略加說明才能把意給「會」出來。⺇是「風」字的略寫，「巾」則是布巾的巾；布巾在風中揚起，不就是風箏了嗎？

日本的風箏是由中國傳入的，中國的風箏則起源甚早：戰國時代，公輸般（魯班）便能以木製成「鳶」放在空中飛揚，其後以紙代木，便是我們習慣所說的「紙鳶」了。

日本的風箏款式多樣化，製作也精巧，很有民族風格特色，自江戶時代（約中國明代）以來，便是正月盛行的遊藝活動之一。所以，人們便往往用它作「年玉」送給男孩子了。「凧」的讀音是TAKO，因為是「國字」關係，漢語自然沒有它的讀法了。

風箏、凧、紙鳶

「凧」是日本人在正月的玩意兒之一，在平時也很受成年人、小孩子特別是男孩子們的歡迎。所以，在玩具款式還沒有那麼多樣化的年代，往往就成為送給男孩子的常見玩具。

正如前文所言，「凧」就是「風」中揚起的布「巾」，即我們所稱的「風箏」，是由中國傳至日本的。在中國的「風箏」，初時由木製成，像「鳶」鳥的樣子，其後以紙代木，便稱作「紙鳶」。但為甚麼後來又叫「風箏」呢？據説：那是因為在五代時有人在紙鳶上放上竹笛，飛揚起來時被風吹而發出了像箏鳴的聲音，於是名之為「風箏」，就是「風」中之「箏」的意思。

日本不用「風」中之「箏」的「風箏」這個詞，卻創製了「風」中之「巾」的「凧」這個「國字」。不過，「紙鳶」這個寫法在日語中還是可用的，只是讀音跟「凧」不同，而且沒有「凧」那麼普遍、流行而已。「凧」一般讀作TAKO，它的另一個讀音是IKA-NOBORI，而讀IKA-NOBORI的時候，除了可寫成

「凧」，也可以寫作「紙鳶」。

風箏出現之初，據說曾經作為軍事上探測敵情之用，其後在中日兩國的歷史記述中，亦有把風箏用於軍事活動的記載。然而它受到普遍歡迎，恐怕還在於它的玩藝、遊戲成分，而並非其實用價值。

在日本，不但小孩子們，甚至成年人也往往舉行「凧」的比賽，把設計獨特、形形式式的「風中之巾」飄揚到半空去，既蔚為大觀，也的確是充滿歡愉的賞心樂事哩！

風寒吹木枯 ——「凩」

音 こがらし

談到日本風箏的「風中之巾」這個「凧」字，使我們不期然聯想到另一個字形近似的日語「國字」來，就是「凩」。

如果按照「風中之巾」的思路，那麼，「凩」字無疑就是「風中之木」了。不錯，正如「凧」是「風」和「巾」合成的會意字一樣，「凩」也是「風」和「木」合成的會意字；几同樣是「風」字的略寫。不過，「風中之巾」以「巾」為主，不管你是否明白那「巾」指的就是那在「風」中飄揚的風箏，但重點還是在「巾」而非在「風」。但「凩」就不同了，「風中之木」既不是說明哪一種才是在風中生長的樹木，也不是某一種樹木的名稱，甚至並不以「木」為中心，而是以「風中之木」來反映某一類的「風」，這種思路上的歧異和聯想方向上的不同，的確相當有趣。

甚麼是「風中之木」的「凩」呢？原來這個日本國字的意思是寒風，就是說：由晚秋至初冬期間颳起的較為寒冷的風。當這種風颳起來的時候，往往就是樹葉紛紛枯黃、落下的時候，它並不算太凜冽，但屬於冬天時季節性的寒風，由北而下，漸次加強，像要把樹木吹至乾枯似的，所以這種風也叫做「木枯」。事實上，「凩」的讀音 KOGARASHI 正是「木枯」二字，所以，不寫「凩」的話，寫成「木枯」二字也是可以的。

看着紛紛落下的黃葉、一片乾枯的樹木，使人深深感受到節候變化帶來的寒意；在人們的意識裏，正是這種深秋時份颳起的風，才把樹木給吹枯的，所以，孤木所在的風中，不也就是寒氣迫人的「凩」風了嗎？

停住的風——「凪」

由「凧」、「凩」兩字，又使我們聯想到另一個國字「凪」來。

正如「凧」、「凩」一樣，「凪」是「風」跟「止」合成的會意字，几同樣是「風」字的略寫，而「止」就是停止、靜止的「止」。甚麼是「凪」呢？意思簡單不過，既然是「風」和「止」的結合，自是表示風的停住、靜止，即無風無浪、風平風靜的意思。它的字義，主要用來形容在沒有風吹颳之下海面平穩無波的狀態。在風力近於零、即風速在每秒零至零點二米之間的狀態下，海面平靜如鏡的樣子，就叫做「凪」。

一般而言，「凪」較易在晚間出現；接近海岸地區，每當海陸風交替之期，則多在早晚間出現，早上出現的稱為「朝凪」，晚上出現的便稱為「夕凪」了。

至於「凪」的讀音，作動詞用時是 NAGU，作名詞用時是 NAGI。因為是日語「國字」，自然沒有漢語讀音了。

正如「凩」一樣，「凪」也是指風而言，只是「凩」指的是寒風，而「凪」則指停住的風，是沒有風吹颳的風平浪靜狀態而已。

風從高山來 ——「颪」

一連談了「凧」、「凩」、「凪」三個字形接近的日語國字，都跟風有關，而它們的形體結構中的几，都是「風」字的略寫，使人產生一種錯覺，以為日本國字之中，當「風」跟其他字組合成一個新字時，都會略寫作「几」。其實不然，當中亦有「風」跟其他字組合成一

個新的國字時不作略寫，像「颪」一字便是。另外，如果在日語辭典中使用部首檢索法查考凧、凩、凪三字，會發現它們都屬於茶几的几部，而不屬於「風」部。

至於剛才所提到「颪」這個國字，同樣是個會意字，由「下」和「風」兩字組合而成，但我們可不能望其「文」而生其「義」，以為是漢語所說處於形勢不利、居於「下風」的意思。其實，它表示從高山上吹下來的那股強風;「颪」中的「下」，是從上而下的意思。

原來從山上吹下來的風，也可以根據山的不同方向而有不同的類型，所以往往加上山的名字來區別它，像從赤城山、筑波山、六甲山、那須岳等吹下來的風，便分別名為「赤城颪」、「筑波颪」、「六甲颪」、「那須颪」之類。

「颪」的讀音是OROSHI，本來就是「下」的讀音，含有把東西放下來、落下來的意思；在寫法加上「風」字而讀音不變，意思則專指從高處吹下的山風，但因為這種風在秋冬時較為強烈，令人感受較深，所以往往只是特指秋冬時從山上吹下來的寒風，而並非說一般的山風。說明這種風的時候，也可以加上風字而說「颪之風」。

下颪和山嵐

由「下」和「風」兩字組合而成的「颪」這個日語國字，跟形勢不利而處於「下風」的意思無關，而是指由高山吹下來的強風而言，可說是一種山風；不過，它不是靜止的山風，而是流動的、令人感到自高山而來有一股寒氣的山風。它的重點着意於反映其「自上而下」的形態，因而用「下」和「風」結構成字，希望人們可以一看其字便「會」出其「意」來。

由「颪」這個表達山風的「國字」，很易使人聯想到另一個更為直接地表示山風的意義的「嵐」字來。

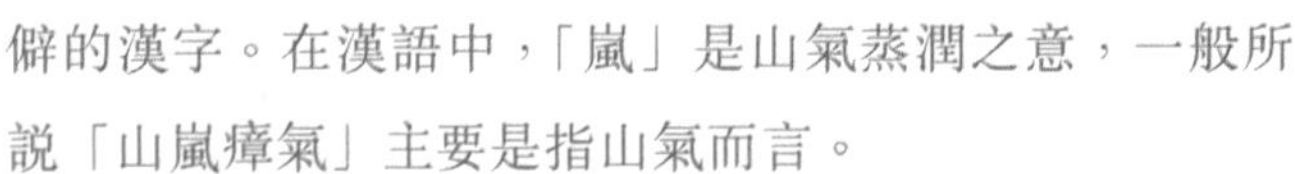

「嵐」是「山」和「風」的組合，望文可以生義，自然是表示「山風」之意了。但這不是個日語國字，而是漢語中本有、也不算生僻的漢字。在漢語中，「嵐」是山氣蒸潤之意，一般所說「山嵐瘴氣」主要是指山氣而言。

在日語中，「嵐」也有跟漢語相同的用法，是山氣的意思。但這層意思在日語中並不普遍，一般人都把「嵐」字作暴風雨或風暴解。

所以，「嵐」雖然是「山」和「風」的組合，在日語中反而不一定用來表示「山風」，而是用以表示烈風、大風、狂風暴雨甚至海上的風暴。而這些解釋，是漢語中的「嵐」字所不包括的，可以說是個「國訓」。凡是中、日同用一個漢字而日語中有其獨特解釋和意義，那就不能算是「國字」而是「國訓」，前文我們也提過：「訓」是訓詁、訓釋的「訓」，「國訓」就是日語特有的訓釋之意。

「嵐」不是「國字」，但把它解作「暴風雨」，顯然屬於「國訓」。

沒有風暴的風暴山

音 あらしやま（訓讀）
らんざん（音讀）

在前文所談過跟風有關的日語「國字」之中，「凧」、「凩」、「凪」三字屬於茶几的几部，「颪」則屬於「風」部，至於並非「國字」的「嵐」，則屬於「山」部，各字的部首並不相同。

「嵐」雖然不是日語國字，但作為暴風雨解，卻是漢語中所沒有的，所以稱為「國訓」。至於它的讀音，若照「國訓」解作暴風雨的話，應該讀 ARASHI；若不作暴風雨解之時，則一般依漢式讀法 RAN。像嵐光、嵐氣、青嵐、嵐翠、煙嵐等意義與「山氣」有關的詞語中的「嵐」字，跟漢語用法較為接近，其讀音都是RAN而不是ARASHI。

說到嵐字，不禁令人想起京都著名的「嵐山」，其讀法雖然一般都取音於ARASHI，但與暴風雨卻毫無關係，反而是個煙嵐擁翠、風景絕佳的地方。事實上，「嵐山」的「嵐」也可讀作RAN而稱為RAN-ZAN的，它的別稱「嵐峽」中的「嵐」亦正取音於RAN，讀作RAN-KYOO；只是一般都習慣把「嵐山」讀作ARASHI YAMA，日本人聽來較有親切感而已，其實它與暴風雨關係不大，更非以風暴而聞名。

嵐山位於日本古城京都西部的右京區，疊巒聳翠，樹木繁茂，尤以松、櫻、楓等最為著名，四季風景各有特色，而以仲春盛放的櫻花，秋冬漫山的紅葉，詩情畫意，最為動人。其下有保津川，自古以來就是達官貴冑、騷人墨客雅集之所；泛舟而遊，酣歌暢飲，其樂融融，至今不輟。它真可說是個山明水秀、風景絕麗的旅遊勝境。山中除了法輪寺、大悲閣、渡月橋等名勝之外，還有不少古蹟，加上山麓樹叢偶有供遊人略作憩息之用的茶店，也洋溢着古風，置身其中，欣賞大自然風物之餘，一股思古之幽情自會油然而生。

嵐山，是個風景怡人的清幽之所，絕不是個「風暴的山」！

楓紅似火話色木

紅葉／栬

音 もみじ

位於日本京都的嵐山，秋冬之際迎來漫山紅葉，霜林朱染，丹枝掛雪，意境之佳，更令人神往。

提起紅葉，自然使人聯想到楓樹。「楓」當然不是「國字」，在日語中的意思就跟漢語中相同。它雖然是個由「木」和「風」組合而成的字，但跟另一個由「木」和「風」組合而成的國字「凩」完全無關，不可相混。「凩」字中的几是「風」的略寫，它的意義前文已作解釋，是秋冬之際把樹木也吹枯了的寒風，而「楓」則是樹的一種。可見「風」略寫成「几」，跟不作略寫的「風」之間是有分別的。否則，兩者同是「木」和「風」的組合，「凩」豈不成了「楓」？略寫的部件結構是不可隨便變回原樣的。

至於紅葉，日語稱為MOMIJI，漢字除了用「紅葉」二字之外，還可寫成「栬」。「栬」是「色」和「木」的組合，取其「有色之木」來表示樹葉變紅的樣子，該可說是個會意字。然而，這個看來很像日語「國字」的漢字卻並非「國字」，而是漢字，它是「槭」字的俗寫。「槭」跟楓樹相類，也是秋霜之後葉子會變丹紅的樹，只是沒有「楓」那麼普遍地為人所知而已。其實，我們在秋冬時看見漫山紅葉，不一定都是楓樹的葉子哩！當中有很多應該是「槭」，也就是「栬」。因此，日本人把「栬」作「紅葉」意思來用，跟漢語是有其相貫之處的。我們至多只能算它是個「國訓」，不該把它視為一個「國字」。

山下之林是山麓

上文提到，日語中有兩個由「木」和「風」組合而成的漢字，一個是由「木」跟略寫的「風」組合的國字「凩」，一個則是源於漢語的「楓」；無論意思、用法和讀音，兩者都完全不同。可見「凩」不是「楓」的簡體，而略寫的部件結構也不一定能當作原字般來理解。「凩」是個會意字，「楓」是個形聲字，造字方法並不相同。循着不同的思路去聯想，自然也就出現各自不同的意義和用法了。

「凩」雖然不是「楓」的簡體，但「風」略寫成「几」，在形體上還是有跡可尋。但另有一些省略寫的字卻是無法看出其原樣來的，像日語國字「梺」，據辭典解釋，是「山麓」的「麓」字的略寫，從字形上看，除了「林」是兩者共有的結構部件之外，「鹿」則直接略寫成「下」了。但「鹿」跟「下」相距極大，視作略寫實在說不過去，所以，我們只能把「梺」理解為「麓」的簡化字，而不能片面地把「下」視為「鹿」的略寫。

事實上，「麓」是漢語本有的，它是個形聲字，以「林」為意符而以「鹿」為聲符，大抵因為日本人把山麓、山腳稱為 FUMOTO，跟「鹿」的讀音相去較遠，所以便另創一個「國字」來表達。「梺」顯然是個會意字，由「林」和「下」兩個字組合而成，表示「林在山之下」的意思，讀音就是 FUMOTO。

雖然有了「梺」這個國字，但「麓」字在日語中仍可使用；相反，在漢語中並沒有這個「梺」字，自然也沒有它的讀法了。

十字路口——「辻」

音 つじ

從上文所述的例子來看，日語「國字」絕大部分都是會意字，不過，到底怎麼把「意」給「會」出來，各個字的取向卻不一樣。像由「下」和「風」組合而成的「凨」，「下」表示從「山上吹下來」，是個動態的概念；由「林」和「下」組合而成的「梺」，「下」則表示「在山之下」，是空間的概念。雖然都是會意字，但我們卻不容易一下子把「凧」理解為山風，更不易把「梺」理解為山麓，需要經過一番解說才令人明白。

不過，在日本人創造的國字、國訓中，有些也是淺而易明、「察而見意」的，像「榊」是神木、「峠」是山的上下所經之處之類，都是不難明白的。就以跟「下」組合的字而言，「凧」、「梺」雖不易懂，但和「雨」組合成的「雫」，就簡單得多，我們幾乎可以望其「文」便猜出其「義」，「雫」就是雨點、水滴的意思，我們即使不知道它的日語讀音是 SHIZUKU，但了解其意思應該不難。

的確，有些日語「國字」，驟然看來，雖然字的形狀有點古怪，但意思還是好懂的，像「辻」這個字，它从「十」从「辶」，从「辶」的字，大都跟步行、道路有關；「十」是個數字，但也是個圖形，「辻」就是我們說的「十字路口」、或成十字形的街道，意思不是很好懂嗎？它的日語讀音是 TSUJI，由於它是日本姓氏之一，而且姓「辻」的人也不少，所以，這個「辻」字對我們來說也不該太陌生。

進入漢語字典的「國字」

上文提及「辻」這個日語國字，對於我們來說應該不算太陌生，一方面固然因為它是日本姓氏之一，而且也不是個僻姓，所以我們偶然也可能在書報雜誌、廣告、電影或電視劇集出現的人名表上看到；另一方面，也因為它被收進了一些通行已久而較為人所熟悉的漢語字典之中，成為少數能在漢語字典中出現的「國字」，雖然在漢語圈範圍內仍不常用，但總算不太陌生。

照一般情形來說，如果並非源自漢語或在漢語圈範圍內不大應用的漢字，應該不輕易見於漢語字典中，究竟哪些字典收錄了這個日語國字呢？據知，至少《中華大字典》、《辭源》、《辭海》等三本常見、通行而又具權威性的工具書都有收錄。《中華大字典》中說：「辻，日本字，讀若此岐，十字路也。」而《辭源》、《辭海》的「辵」部「辻」字條下亦說明它是日本漢字，「讀如子期，十字路也。」無論讀若「此岐」或「子期」，都是「辻」的日語讀音 TSUJI 的擬音；至於釋義方面則三者相同，可說是個不太陌生的「國字」哩！

除了「辻」字，在這三本字典中的「辵」部還收錄了另一個日語「國字」，就是「込」。它从「入」从「辵」，是進入的意思，《中華大字典》中把它注音為「可米」，《辭源》説「讀若壳米」，《辭海》則説「讀如殼米」，其實都是「込」日語讀音 KOMU 的擬音，正如「辻」字一樣，它並沒有漢語讀音。

在漢語字典中的「辻」「込」二字

「辻」、「込」是兩個比較少數能被收錄於漢語字典的日語「國字」，同屬「辵」部，都是會意字，但所「會」的「意」，在取向上卻略有不同。「辻」是「十」和「辵」的組合，所要「會」的，是「十」在圖形上的「意」，表示十字形的街口、衢道的意思；而「込」則是「入」和「辵」的組合，所要「會」的，是「入」在含義上的「意」，表示進入或着意地放進某些東西的意思。

在漢語字典中「辻」的釋義比較簡單，《中華大字典》、《辭源》、《辭海》都説它是「十字路也」，雖然在標注讀音上有分歧：前者用「此岐」，後二者用「子期」，但都是「辻」日語讀音 TSUJI 的擬音，問題不大。至於「込」的讀音本作 KOMU，但《中華大字典》擬音作「可米」，《辭源》作「壳米」，《辭海》作

「殼米」,「可」、「売」、「殼」都是 KO 的擬音,只是用字不同而已,但「米」卻應該是 MI 而非 MU 的擬音,這又是怎麼回事呢?原來 KOMU 是「込」作動詞用時的發音,讀作 KOMI 則是名詞化或跟其他字組合成詞時的發音,一般而言,作單字用的時候,較多作為動詞而讀作 KOMU。如要表示 MU 的讀音,漢字自然用「母」比「米」較為貼切了,但把「込」讀作 KOMI,也是沒有錯的。

至於「込」的釋義方面,《辭源》的解釋較為簡單,只說「入也」。《辭海》則沒有單獨解釋其字義,而說「見申込條」,顯然重視「込」在「申込」這個詞條中所表示的一層意義和用法。至於《中華大字典》雖沒有就「込」的單字作解釋,但在說明上着墨較多。三者在「込」字的釋義異同有甚麼值得我們注意的地方呢?下文再談。

談「込」

払込む

音 はらいこむ

關於「込」字的解釋和用法,《辭源》和《辭海》的說明都頗為簡單。《辭源》說:「日本字,讀若売米,入也。」《辭海》說:「日本字,讀如殼米,見申込條。」而《中華大字典》則比較詳細,它說:「日本字,讀若可米，如股東以股本繳入公司曰拂込。又甲乙立約，甲以其意示乙曰申込，猶言申述其意也。」

三本字典之中，《辭海》和《中華大字典》沒有就「込」的單字作解釋，而提及了由「込」跟其他字組合而成的詞語。除了「申込」一詞為兩者共有之外，《中華大字典》還提及「拂込」一詞，並且對兩個詞語的用法也略加說明。不過，令人稍感奇怪的是：這些說明，都沒有採用該兩個詞語最為常用的意思，卻舉出了用法較為特殊的意義，可能是由於編纂字典之時（1915年），「拂込」、「申込」兩詞多見於跟日本來往的商業文件上，因而編纂者以此為說明重點也說不定。我們不妨先了解一下「拂込」這詞的通常用法，然後再談「申込」。

漢語中沒有「拂込」一詞，驟然看來，固有陌生的感覺，而更重要的是「拂込」中「拂」一字應以「國訓」解讀，而不是漢語作「拂拭」解的「拂」。因此不懂日語的中國人無法從字面來推敲其所指、猜出其意思。原來日本人一般將「拂」字用作「支付」解，字形簡寫作「払」，「拂込」即是「払込」，是「支付進入」，即「繳納」的意思；但不一定特指「股東以股本繳入公司」，一般情形下的「繳納」也可以用。

《中華大字典》就這字條、詞條所作的解釋，有其不周全的地方。

甚麼是「申込」？

申込む

音 もうしこむ

《中華大字典》在「込」字條項下，列出了「拂込」和「申込」兩個詞語，作為「込」字用例的說明。上文已講解過「拂込」一詞不特指「以股本繳入公司」，一般性的「繳納」也是「拂込」。至於「申込」一詞，《中華大字典》以「甲乙立約，甲以其意示乙曰申込」來解釋，就更是只側重其較為特殊的用法，沒有就一般性用法作說明。事實上，「申込」是日語中一個頗為常用的詞語，凡是申述自己的想法、要求、希望都可說是「申込」，提出個人的意見固然可用「申込」，訂購物品也可用「申込」，至於辦理入學或其他手續，也往往要「申込」。這方面的用法，就跟漢語中「申請」的意思一樣，「申込書」就是我們所稱的「申請書」、「申請表」之類。所以，日常接觸到「申込」二字的機會很多，不一定要「甲乙立約，甲以其意示乙」的情況下才用得上。

令人感到有趣的是，《辭源》和《辭海》這兩本較為全面的漢語字典都有收有「申込」一詞，《辭海》的解釋較為簡明，只說它是「日本語，有要求、提議、照會等義」，但《辭源》則較為詳細，除「甲乙立約」一層意義外，還說「赴學校報名，亦曰申込」。不過，兩本字典都沒有收入「申請」一詞，可能在編撰字典的當時，「申込」反而較為常見，而「申請」則沒有現在用得那麼普遍吧！從今天的角度來看，漢語字典裏有「申込」而沒有「申請」，是會令人感到意外、感到奇怪的。

甚麼是「辷」上的「一」？

辷る

音 すべる

從「辻」、「込」兩字，很易教人聯想到另一個「國字」的「辷」字來。

「辻」、「込」、「辷」都是从「辵」並以之為部首的字，字形結構也有點近似，不過「辻」、「込」被收錄於漢語字典裏，但「辷」字卻沒有。這大抵是因為字的流播及常用程度不同，在中國，「辻」、「込」的用途較廣，國人接觸的機會也較多，字典的編纂者便編錄進去。而「辷」的運用面沒有那麼闊，從一般人的角度來說並不常見，自然沒有引起國人多大注意了。

「辷」字从「辵」从「一」，正如大多數的「國字」一樣，也是個會意字，但「意」是怎麼給「會」出來的呢？卻得略為說明。首先要說的是「辷」的字義，它是「滑」的意思，像路滑、滑行、滑冰、滑溜、滑倒等，都可以用得上這個「辷」字。其次要看看這個字的組合，「辶」無疑是行走的意思，但「辶」上的「一」是如何反映出「滑」的意思來呢？原來跟「辻」上的「十」一樣，它不是個數字、數目，而只是個圖形；「十」所代表的是「十字形」的街道，並不難懂，但「一」則並非指具體的「一字形」，而是抽象地用「一」來顯示表面平滑的模樣，「一」就是平滑的形象，毫無阻礙的樣子，這個形符的「意」，的確須要想深一層才可以給「會」出來。

「辷」的日語讀音是SUBERU，因為是個「國字」，自然沒有漢語讀音了。

望文不能生義的「迚」

迚も

音 とても

「辻」、「込」、「辷」是幾個字形結構比較接近的日語漢字，前兩者因被收錄於具權威性的漢語字典中，且用途較為寬廣，接觸機會較多，所以國人應該不會感到太陌生，但後者則不然，不但在漢語字典裏找不到，跟其他字搭配成詞的也不多，因而較少受到國人的注意。

事實上，若純從文字本身的結構和組合成分來了解，「辻」、「込」也較之「辷」為好懂，「辻」是「十字街頭」、「込」是「進入」，幾乎是「視而可識」、簡單易明的，但「辷」之解作「滑行、滑溜」，則非要略加說明不可，特別是需要進一步領會「一」這個形符的象徵含義，否則着實不易把其「意」給「會」出來。然而，比起另一個字形結構近似的「辻」字來說，「辷」也不算太難了解的了。

「迚」从「辵」从「中」，也是個「國字」，在漢語字典裏是找不到的。它的讀音是TOTEMO，是個很常用的日語副詞，可以解作「無論如何、不管怎樣……」，也可解作「非常、極之……」或「打算、想、到底、雖然……」等，但這些意思，都不易從「辵」（行走義）和「中」兩個成分組合去反映。照理，日語國字大都是會意字，而字典也明列這個「迚」字是會意字，應該能從字形結構中推敲聯想出其含義才是，但它的「意」是怎樣給「會」出來的呢？就有點不太好懂了。

有一本解釋日文字義的古書說它是「謀難如之何覺悟之詞也」，說得也不太明白。亦有字典說它是表示「途中往來思考，難以作出決定」之意，似乎較為接近「辵」、「中」組合成字的用意，但這層意義後來又是如何轉化成為今天一般用義的呢？就非得再加以推敲不可了。

度量衡的學問

長さと容積と
重さ……

爲漢語所吸收的日本字

「辻」、「込」、「辷」、「迚」四個字形結構比較近似的「國字」之中，「辻」、「込」都曾收錄在漢語字典之內，並且列出詞條，說明用例，而「辷」、「迚」則沒有收錄，這種區分顯然跟文字本身用途的廣狹和是否為國人所習見有關。不過，曾收錄「辻」、「込」作字條、詞條的工具書《中華大字典》、《辭源》、《辭海》都是編成於民國初年的，那時不單國人跟日本人來往比較頻繁，而且在語文運用方面，也往往受到日語特別是漢字詞語的影響，所以才出現像《辭源》、《辭海》都有「申込」一詞卻反而沒有「申請」一詞條目的現象。在今天看來，自然會令人感到有點奇怪。

至於近年出版的漢語字典，包括台灣版規模較大的《中文大字典》，內地新版的《辭海》、《辭源》等，這些「國字」字詞都不再見收錄了。可見這些日語國字，雖然早就傳入漢語圈內，但還是不能生根、立足，更別說橫植過來而為我們所吸收和運用了。今天，一般人看見「辻」、「込」二字或「申込」一詞，不但未必能了解其意義，甚至會馬上認得：它們不是漢語！

然而，不是所有日語國字都是同一命運的，有些「國字」傳至漢語圈內，不但能立足、生根，還為漢語所吸收，成為活躍分子，像「呎」、「噸」兩字，原本都是日本人創造的「國字」，分別是英制長度單位 FOOT 和重量單位 TON 的音譯詞，日語讀音是 FUIITO 和 TON，但我們不是至今仍然使用嗎？而且，有誰會説它們是「日語」呢？

你懂得「幅脫」、「幅地」嗎？

説「呎」和「噸」兩字是日語或原先是個「國字」，不免令人有點難以置信，一方面固然因為它們在漢語中是習用常見的字詞，同時也因為漢語字典都把它們當作一個普通漢字來解釋，不像「辻」、「込」似的，特別註明它是個「日本字」。但幾乎在全部日語字典中，都在這兩字之下註明它們是個「國字」。究竟它們最早在中國抑或日本出現呢？我們還得進一步推尋。不過，就算它們果真為日本人創製，原先是個「國字」，但也很早便為漢語所吸收，成為活躍分子，已經使我們「習焉不察」、不再把它們視為外來語了。到了今天，「呎」和「噸」兩字在漢語圈的普及程度恐怕較在日語圈更為高哩！

「辻」、「込」之類的「國字」，即使它們曾經進入過漢語圈的範圍，但也不易立足、生根，主要原因在於它們沒有一個漢語讀音。「呎」、「噸」不同，可以很容易便擬出其讀音來。像「呎」字，日語字典說它是會意字，因為它从「口」从「尺」，意在表示它是個「尺度單位」，音讀 FUIITO，是英語 FOOT 的擬音，不讀作「尺」。但漢語的「呎」字，則只讀作「尺」，偶然也說「英尺」，但不會讀作 FOOT 的近似擬音。所以，「呎」從漢語的角度來說，是個形聲字，不是個會意字，即使它原先真是個「國字」，也較「辻」、「込」之類容易「漢化」哩！

不過，中國人也曾把 FOOT（英尺）譯作「幅脫」、「幅地」，這些都是 FOOT 的擬音。其後「呎」較為流行地普及開來，也就沒有多少人知道甚麼是「幅脫」、「幅地」了。

度量衡中不陌生的「國字」

英制長度單位 FOOT、FEET，中國人曾稱為「幅脫」、「幅地」，日本人稱之為「呎」，讀作 FUIITO，可說都是採取擬音的譯法。到了「呎」在漢語中立足、生根，較為固定地被使用後，也就不再說「幅脫」、「幅地」了。時至今天，恐怕沒有多少人知道「呎」原先並非漢語，可能反而把「幅脫」、「幅地」視作日文也說不定呢！

另一方面，因為「呎」在日語中不讀作「尺」或其近似音，只是把「尺」此一組合部件作「尺度單位」來理解，所以仍然算是個「會意」字；但在漢語中則不同，既將「呎」讀成「尺」，那自然該屬於「形聲」字之列了。可見是「會意」抑或「形聲」，除了視乎文字本身結構而定，有時還得從其他因素去考慮哩！至於另一個「國字」，作為重量單位的「噸」，無論日語、漢語，都以「頓」來擬其TON音，那就同樣地把它視作形聲字。以形聲法造字的日語國字不多，「噸」可說是少數例子之一。

除了「呎」、「噸」之外，其他我們較為熟悉的度量衡單位像「粍」、「糎」、「粁」等字，照日語字典所說，它們都是「國字」，但正如「呎」、「噸」一樣，這些字早就為漢語圈所廣泛使用，在清末民初編成的字典像《中華大字典》、《辭源》、《辭海》等都有收錄這些字，卻並未像「辻」、「込」等標明其為「日本字」，所以它們是「國字」抑或是非「國字」，實在還得尋究清楚。

不過，即使果真是「國字」吧，也早就漢化了，所以我們也不大覺得它們源自「東洋」，而說它們是「日本字」哩！

粍、糎、粁怎麼唸？

音 キロメートル

對不懂日文的人來說，會感到日語「國字」形狀奇特，樣子怪異，似字非字，這自然是跟囿於所習、不太常見有關，像前文提過的躾、峠、榊、凧、凩、凪等，幾乎可以一望而知它們並非漢語用字，就算曾經進入漢語字典之中的辻、込兩字，因為後繼無力，使用者漸稀，我們也很易判別出它們不是中國漢字。然而，像「呎」、「噸」和上文提到的「粍」、「糎」、「粁」之類我們較為熟悉的用字，說它們是「國字」，反倒使我們有點「難以置信」了。

當然，說它們「熟悉」，還是有程度之別的。以今天的情況來說，「呎」、「噸」便比其餘幾個字更為常用，那是因為我們對度量衡單位的稱呼已有改變之故。在日語中，「粍」讀 MIRIMEETORU、「糎」讀 SENCHIMEETORU、「粁」讀 KIROMEETORU，這些無疑是從 MILLIMETER、CENTIMETER、KILOMETER 等字轉譯過來的擬音，即使在漢語裏，也沒有如一般漢字似的「一字一音」的讀法。初時，「粍」讀成「密理米突」、「糎」讀成「生的米突」、「粁」讀成「啟羅米突」，都很不合漢語的習慣。所以，其後把它們分別稱為「公釐」、「公分」、「公里」或「毫米」、「厘米」、「千米」，似乎較易為人所接受，這些讀音不大正常的「字」，其實只能算是符號，嚴格來説，還不能稱得上是「字」。

除了「粍」、「糎」、「粁」這三個日本人稱為「國字」的漢字外，在漢語字典中，跟它們屬同一系列的還有「籵」（迭加米突）、「𥹋」（美麗育米突）、「粉」（得夕米突）、「粎」（米突）、「粨」（海佗米突）等字，除了「粉」是個借用的符號之外，其餘都是新造的。現在看來它們不但不像固有的「國字」，讀起來簡直與「外國字」無異！

「米」的「突」破

「粍」、「糎」、「粁」三字，有些日語漢字字典認為屬於「國字」，但在中國清末民初編成的《中華大字典》、《辭源》、《辭海》等字典裏都有收錄，卻並未註明是「日本字」。此外，在漢語字典裏，同一系列的還有「籵」、「籿」、「粀」、「粉」、「粎」、「粨」、「𥹋」、「粴」、「粌」等字，不過，它們並非全部一律收錄在每一本字典中，不同字典的選錄各有不同，例如《辭海》有收「粀」、「粌」、「粴」等

字，《中華大字典》便沒有收。《中華大字典》有收的「粨」，《辭海》便沒有。這些度量衡單位，都僅作為符號標記，無法依照一般漢字「一字一音」的原則來唸，而只能讀作「迭加米突」（籵）、「特西米突」（粉）等，以「甚麼甚麼……米突」的擬音法唸出來，不但讀法怪模怪樣，難以記牢，也難以從讀音去分辨意義，所以最終難以普及使用。儘管如此，這些字從結構上來說也不太難懂，它們都屬「米」部的字。

這「米」自然不是指自古以來便作食用的稻米，而是簡縮「米突」（METER）而成的「米」。

「粍」是千分之一的「米突」，「糎」是百分之一，「粉」、「粉」是十分之一。而「籵」、「粨」、「粁」、「粨」等則分別是十倍、百倍、千倍、萬倍的「米突」，其餘可以類推，應該不算太難懂。

傳統以「米」為部首構成的漢字，多少總跟稻米或農作物有關，只有這幾個度量衡的用字例外，它們都是以「米突」為準。

這些十進制的長度單位，都以「米」字為部首，這真可以說是「米」字的「突」破用法了！

無「突」的「米」

自來从「米」作部首偏旁的漢字，不管是否「國字」，大都跟稻米、農作物、糧食等概念有關，但像粍、糎、粁……之類一系列新造的長度單位用字，所从的「米」部，卻是省「米突」而成的「米」，跟本義無關，但仍可自成系統，和數量詞組合而構成會意字。像加「毛」（毫）而成千分一米的「粍」，加「厘」（釐）而成百分一米的「糎」，加「千」便成為千倍之米「粁」、加「万」（萬）便成為萬倍之米的「粉」等就是，意義都是簡單易明、不難理解的。只是這些新造的字，如果仍然按照外來語的讀音去擬音，擬成「密理米突」（粍）、「生的米突」（糎）之類甚麼甚麼「米突」的話，自然難記而又不方便了。所以，漢語索性以「米」為單位而稱「毫米」、「厘米」、「千米」或加上「公」字而成「公尺」、「公里」之類。日語的習慣，則維持它們原有的擬音，或略為簡化，像「粁」只唸 KIRO 而省卻 MEETORU，且多用音標字母，未必一定要把漢字寫出來。

「米突」源自法國度量衡制的長度單位，由於是十進制，因而深受各國歡迎，紛紛採用作標準。中國人其後把它稱為「公尺」是有理由的，把它簡稱為「米」也合乎國人用字的習慣。所以，現在已很少見粍、糎、粁、粉之類的寫法，更不會唸甚麼「米突」之類的古怪擬音了。

日本雖然有其本身傳統的度量衡制度，有些也沿用至今，但現代日本人所用的，一般都以十進的公制為主。在吸收這些外來成分的過程中，為了方便和實際的需要，往往要創製些「國字」，除了从「米」部的幾個字外，以「瓦」為部首偏旁的幾個「國字」也是在同樣情況下創製出來的，下文續談。

一瓦有多重？

把公制長度單位「米突」省作「米」，再用作部首偏旁，跟其他數詞組合成一系列新字，那是中、日語共同的做法，當中有「國字」，也有不是「國字」的，前文已略談。日語中相類的還有「瓦」和利用它作部首偏旁而構成的一系列「國字」。

「瓦」是公制度量衡中重量的基本單位，正如「米」借自稻米的「米」一樣，「瓦」也只是借用磚瓦的「瓦」字字形，跟磚瓦毫無關係。而且，它不讀「瓦」的本音，而讀作 GURAMU，即 GRAMME 的擬音。不過，要注意的是「米突」或「米」不管讀音如何，在字形上是中、日語共通的，但把 GRAMME 寫作「瓦」，卻只是日語的做法，漢語則寫作「克蘭姆」、「格蘭姆」或簡稱「克」、「公分」等，彼此用字不同。

「瓦」既是重量的基本單位，因而可以像「米」般作為偏旁，再跟其他表示計量單位的字組合成新字。像「瓦」加上「毛」而成「瓱」，表示「瓦」的千分之一；加上「厘」而成「甅」，是「瓦」的百分之一；加上「分」而成「瓰」，是「瓦」的十分之一。至於加上「十」而成的「瓧」，加上百而成的「瓸」，加上千而成的「瓩」，那便分別是「瓦」的十倍、百倍、千倍。此外，還有加上「屯」而成的「瓲」，那就成為「瓩」的千倍。純然從字形結構的角度來說，要理解它們的意思其實也不太困難，它們都屬於會意字。

這些从「瓦」為部首的字，全都是日語國字，而且除了早期和偶然的情況之外，漢語中一般並不使用。

談「瓦」和「克」

音キログラム

公制的重量單位GRAMME，日語寫作「瓦」，讀作GURAMU，那是因為日語「瓦」的漢式讀音（GA或GUWA）有點近似GRAMME的關係。至於漢語之中，「瓦」的發音跟GRAMME不太接近，因而不用「瓦」，轉譯作「克蘭姆」、「格蘭姆」或「克朗姆」，簡稱為「克」。所以，日語的一「瓦」之重，就是我們的一「克」之重。正如「米」一樣，重量也能用

「公」來表示，像「克」便稱「公分」，而「千克」就叫「公斤」。

日語沒有「公」的說法，通通以外來擬音去表示。所以，「瓱」讀MIRIGURAMU（千分一克）、「甅」讀SENCHIGURAMU（百分一克）、「瓰」讀DESHIGURAMU（十分一克）、「瓧」讀DEKAGURAMU（十克）、「瓸」讀HEKUTOGURAMU（百克）、「瓩」讀KIROGURAMU（千克）。不過，在日常生活的實際應用上，只以「瓦」和「瓩」為基本單位，十克、百克之類，便說「十GURAMU」、「百GURAMU」，而不必依照其外來擬音。多少「瓩」一般也簡稱多少KIRO便算。

中國人既不用「瓦」來表示GRAMME，自然也不用以「瓦」為部首的「瓱」、「甅」等一系列的「國字」。但在漢語字典像《中華大字典》、《辭源》、《辭海》中，都把這系列悉數收錄，並在每字下清楚註明它們是日本所製的漢字，不像「呎」、「噸」、「粍」、「糎」、「粁」似的，是否「國字」還不太清楚。

正如日本人用「瓦」為單位創製出「瓱」、「甅」、「瓧」等一系的字一樣，我們也用「克」組合成「兛」、「兣」、「兝」等以「克」為偏旁的字，只是「克」並非部首而已。所有這些「瓱」、「甅」或「兛」、「兣」、「兝」等，都沒有依漢字「一字一音」原則來注音。

日本「瓦」和中國「瓦」

由於日語以「瓦」作為公制重量基本單位的用字，因此創製了一系列以「瓦」為部首偏旁的「國字」：瓱、甅、瓰等。同樣，漢語不用「瓦」而用「克」，因而也創製了一系列以「克」為偏旁而非「一字一音」的「新漢字」：兞、兣、兝等。這些「國字」和「新漢字」，在《中華大字典》、《辭源》、《辭海》等字典中都有收錄，使我們看到在吸收外來語的過程中，中日語在擬音用字上都會各就其本身的實際情況和需要而有所不同。

另一方面，漢語不以「瓦」作標示重量的單位，卻將之用作計算功率的單位，特別是電流單位。可見此「瓦」不同彼「瓦」，中日之間「名同」而「實異」。

我們所用的「瓦」，即「瓦特」之略稱，而「瓦特」即是英文 WATT 的擬音。作為電的功率單位，「瓦」不如重量單位似的可以在每十進便加上數詞構成「新字」，像日語「瓱」、「甅」、「瓩」之類的做法，而只有加上「千」而成的「瓩」，但這個「瓩」跟日語國字的「瓩」不同。日語的「瓩」是我們的「千克」，即「公斤」。漢語的「瓩」則是一千「瓦特」，它早期讀作「啟羅瓦特」（KILOWATT 的擬音），現在一般直讀作「千瓦」，書寫方面，則作「瓩」和「千瓦」都可。

「瓦特」這個功率單位，漢語初時也譯作「滑脫」，廣東話中一般稱做「火」。假如我們把要買六十「火」、一百「火」的電燈泡説成要買六十「滑脱」、一百「滑脱」電燈泡，那就真會教人感到莫名其妙哩！

「榻榻米」有多少「米」？

作為度量衡單位，儘管漢語的「瓦」跟日語的「瓦」不同，我們的「米」卻又跟日本的「米」一樣，用字有同有異；但對於這些源自西洋的十進度量衡制，彼此大致都採取容受的態度，則是相同的。我們甚至將之貫以「公」字而名為「公分」、「公尺」、「公斤」之類，視之為「萬國」的「公制」。

日本雖然不用「公」的方式命名，但仍保留了它們本身的、屬於外來語成分的擬音，而且，在現代的日本社會，也普遍地應用開來。這是由於「十進制、好易計」，的確方便，所以在社會一般的應用上，就把它們作為標準的計量單位了。在日本，時至今日，除了少數或個別例子外，這些外來的計量單位，大部分也跟其他外來詞語一樣，以片假名來標示，如「米」、「克」、「瓦特」等就分別寫成「メートル」、「グラム」、「ワット」，既不必用「國字」，甚至也不須用漢字，只取其擬音而已。

另一方面，正如前文提及，日本也有其本身傳統的計量方法和度量衡制度，只是受外來十進「公制」的影響，才出現較大的變化而已。可是，有些具有民族特色的事物及傳統做法仍被保留下來，譬如量度日式居室的大小，習慣上便採用較為傳統的方式，以多少塊「榻榻米」來作依據。

提起「榻榻米」，相信不少人都知道，它就是日式居室和房間裏鋪上的厚厚草墊。稍為留意日本事物的，都知道日本和式居室滿鋪「榻榻米」，白天作為地板，晚上也睡在上面，只鋪上棉被作墊子而已，並沒西式睡床。同時，因為它是厚厚的草墊之故，所以柔道場館也得鋪上它，好使人們摔倒地上時不致容易撞傷，較為安全。「榻榻米」在日本，可說是普遍應用而又深具民族特色的東西。

然而，可別誤會「榻榻米」是個日語字詞，其實它只是漢語的擬音用字，跟日語無關。「榻榻米」，日語讀作 TATAMI，漢字作「疊」，簡寫作「畳」；「榻榻米」三字，一般日本人是看不懂的。

「畳」不單是和式居室的地板、床，而且，也往往成為計量房間大小的單位，像「四畳半」、「六畳」、「八

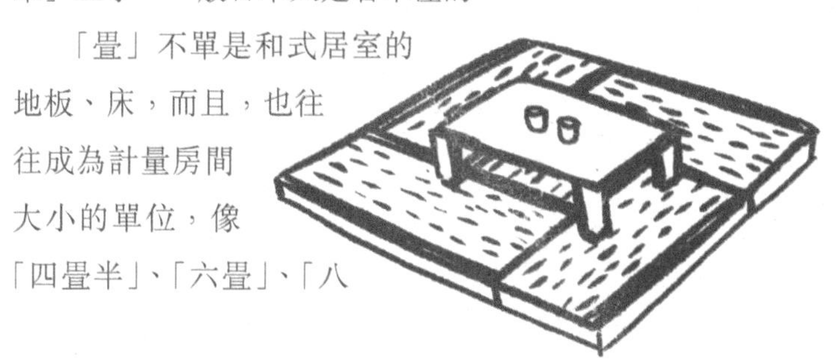

疊」之類，即指房間有「四塊半」、「六塊」、「八塊」的TATAMI而言，一聽到有多少「疊」，那房間有多大，日本人便會心中有數的了。這好比香港人以前計算房間的大小，也往往以「階磚」的多少來表示。在這種情形下使用「疊」，讀音便不是TATAMI，而是JOO。

以多少塊「疊」來計量房間的大小，那每一塊「疊」便必須有個標準大小才成。究竟每一塊「疊」的面積有多大呢？在過去原來並不完全一致，現在流行的也有兩種：一是依普通農舍（即所謂「田舍間」）所用的長176厘米寬88厘米為準，另一種則是依關西地區房舍（即所謂「京間」）所用的長192厘米寬96厘米為準。了解每一塊「疊」的面積，對「四疊半」、「六疊」、「八疊」的房間有多大，心中就有個譜了。

從睡覺開始

認識身體

身体を大事にしろ

無牀之「床」

ベッド

「榻榻米」是個漢語擬音借詞，即日語的TATAMI。在日語中，TATAMI寫作「疊」，簡寫作「畳」。在中國人看來，「榻榻米」的「榻」，也許還有點意義上的聯想，不單單是擬音上的運用。漢語的「榻」原是狹而長的一種睡牀，也有所謂的睡榻、臥榻之類的用詞，偏偏日本人就是睡在這種「榻榻米」上的，所以便有人把此「榻」混同彼「榻」，以為日語TATAMI即寫成「榻榻米」三字，表示其睡眠之所。其實「榻榻米」的「榻」只是語音上的借擬，與「榻牀」的「榻」沒有關係。

不過，説來也頗有趣，和式居室中滿鋪「榻榻米」的地面空間，日本人稱之為「床」。日語中的「床」，就是我們所説的「地板」，但它其實是一塊塊「榻榻米」緊接着而鋪成的「地面」，並非一塊過的「板」。不過，日語把這樣的地面稱為「床」，也是可以理解的，因為他們的確睡在其上，只是我們覺得「床」不該是這個樣子而已。我們心目中的「床」，日本人稱做BEDDO，傳統上則稱為「寢台」。BEDDO是個外來語，即英文BED的擬音。從中國人的角度來看，日本人的「床」，簡直就是無牀之「床」。

至於日語 TATAMI 所用的「畳」這個漢字，即漢語中的「疊」字，但漢語沒有「畳」這個簡寫法，「疊」也不能解作「草墊」。事實上，「榻榻米」式的草墊子極具日本民族風格，厚厚的一大片，以不少草薦子積疊而成，因而採用了「疊」這個會意字來表示，然後再簡寫成「畳」。

「畳」不算是個「國字」，它之作「榻榻米」解，只是個「國訓」而已。

不賣床的「床屋」

床屋

音 とこや

日本人把鋪滿「畳」草墊（榻榻米）的地面空間稱為「床」，在中國人看來，那只是「地板」，沒有具形的「牀」，可說是「無牀之床」。

但日語中的「床」，也不純然是「地板」的意思。除了「地板」之外，所有就寢的地方和寢具，包括我們心目中模樣的「床」，也在「床」之列，甚至一塊塊的「畳」，也可說是「床」。此外，「床」還有其他的一些用法，不是專指「地板」而言的。像河床、病床、臨床、溫床等包含「床」成分而構成的詞語，都跟「地板」無關。一般來説，作「地板」解的「床」，讀音是 YUKA，作其他意思用時，便讀作 TOKO 或 SHOO。

「床間」(就是「床之間」，即日語的 TOKO NO MA) 是日本建築物中富有民族特色的一種設計，即和式居室客廳內的壁龕，略高於「床」(地板)，是用來懸掛字畫、擺放插花和裝飾物品的地方，兩旁有柱，陳設簡單，配合寬敞的「疊」空間，看來相當雅致、氣氛和諧，令人有一份閒適的感覺。「床間」的模樣，在日本影視作品中經常出現，即使沒有到過日本，國人應該也不會陌生。只是我們不能望文生義，把「床間」理解為「床的上面」或「床與床之間」而已。

除了「床間」，「床屋」也是個令人很容易誤解的詞語，「屋」在日語中有店舖的意思，像「果物屋」便是賣水果的店舖、「煙草屋」便是賣香煙的店舖等。然而，「床屋」卻並不是賣「床」的，你猜它是做甚麼生意的呢？原來它甚麼都不賣，而是「理髮店」。

要是一個不懂日文的人在日本想理髮，也不會輕易走入「床屋」去吧？

「床」的上上下下

床上げ

音 とこあげ

前文提及「床」在日語中也不純然作「地板」解，它也可以作「睡床」、「寢具」解，主要以讀音來作區分：作「地板」解時，它讀YUKA，不作「地板」解時，讀作TOKO。所以，即使寫法相同，但讀音不同的話，意思也是不一樣的。像「床上」一詞，如果讀YUKANE的話，它的意思就是「地板之上」，但讀成TOKOAGE的話，它的意思就是「從床上起來」，不過，這種用法是別有所指的，跟一般所說「起床」的意思不一樣。

原來，這個用以表示「從床上起來」的「床上」，是指病癒或產後的意思，略近於我們所說的「出院」(離開醫院)。但「床上」也不一定跟醫院有關。日本風習中有所謂「床上之祝」，就是慶祝別人產後可以「起床」的意思。

至於「床下」，則沒有如「床上」般有兩個讀法，只讀YUKASHITA，也只有「地板之下」一種意思。

沒有「床」的「床店」

床店

音 とこみせ

日本人把地板稱為「床」，那是漢語中沒有的用法；把理髮店叫做「床屋」，更是不易理解的事情。可見中、日語之間即使所用漢字相同，在意義上也會有很大的差異。除了上次所提「床上」、「床下」不能理解為睡床之上、睡床之下外，還有「床板」一詞，彼此的意思各自不同：漢語的「床板」是指鋪在睡床上的木板；而日語中的「床板」，則是鋪在地面上的木板；不能混為一談。

雖然日語的「床」多指地板，但「床屋」的「床」則與地板無關，它原是結髮用的床几，其後轉而稱利用這些床几替人梳理頭髮的地方為「床屋」，甚至對理髮師本人，也可稱他為「床屋」。「床屋」之外，「床山」也是指理髮師，不過，他不是普通的理髮師，而是專替古裝戲劇演員、日本摔角力士（相撲手）梳理頭髮的人。如果我們曾經看過日式摔角「相撲」比賽的話，一定對那些壯健如牛、軀體龐大的力士留下深刻印象，他們除了下身纏以圍帶外，便全身裸露，而頭髮則束結得相當齊整。替他們把頭髮梳理好，就是「床山」們的工作了。

此外，「床屋」固然是不賣床的，但「床店」也不賣床，卻又與「床屋」不同，甚至跟理髮毫無關係。本來，「屋」在日語中，有店鋪的意思，如書店在日語中稱「本屋」(「本」是書的意思，所以書店即稱為「本屋」)、賣魚的就叫「魚屋」、做洋服就叫「洋服屋」之類。可是，「床店」卻並不等如「床屋」，它是指那些只有攤床賣貨、不能住人的簡易店鋪，完全跟作為理髮室的「床屋」無關。另外，日語還有「川床」一詞，「川」就是「河」，「川床」應該是指「河床」。但除了「河床」之外，「川床」還有另一層意思，指在河邊搭蓋用木建成的室外用餐之所，人們可以在那裏一邊欣賞河景，一邊暢敍飲宴，尤其夏天之時，風涼水冷，非常寫意。京都有條著名的鴨川，河畔即有不少這樣的「川床」。

所以，「床店」也可說是「無床之店」，跟我們先前談過的「無牀之床」、「不賣床的床屋」，真有異曲同工之妙呢！

「床」上的「蒲團」

要是不懂日語的話，那麼，對於「床」字和跟它搭配而成的一連串詞語像「床間」、「床屋」、「床店」、「床山」等語的用法定會感到

莫名其妙。

事實上，中、日使用同一組漢字詞語而意義不同、用法不同是個很普遍的現象，我們不能單純用已知的漢語知識去理解，否則，「望文生義」往往會猜錯。這些字詞，意思有時相差很遠，有時則差別較少，但要計較清楚的話，它們之間仍然是不同的。從談「床」和它相關的字詞，使我們聯想到「蒲團」這個詞語來，它可以說是跟漢語的意思相通卻又在用法上並不相同的例子。

日本人把「地板」稱為「床」，多少因為他們睡在滿鋪「畳」草墊（榻榻米）之上的緣故。但「畳」較硬，一般人不是直接睡在其上的，而是每晚在「畳」上先鋪上睡褥墊子，然後睡在其上，到翌晨起來，就把這些睡褥墊子捲摺好，放在衣櫃中。每天早晚都如此，所以在白天，日本人的家裏看起來是沒有「床」的，令人感到分外寬敞。

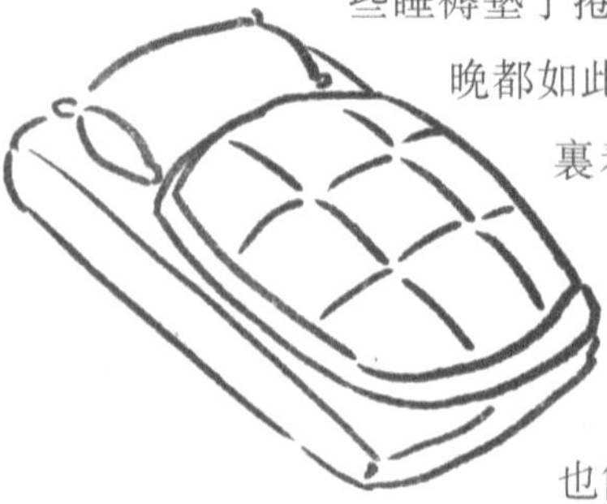

這些睡褥墊子，日語稱為「蒲團」(FUTON)，也簡寫作「蒲团」或「布団」。「蒲團」在漢語原是用蒲葉或其料子編成的圓座墊，就跟我們今天所用的「咕啞」(英語 CUSHION 的擬音)相類，但不會用來作睡褥墊子的。

不但每個日本家庭都有「蒲團」，而且早收晚蓋，天天如是，成為起居生活的例行工作，跟我們「蒲團」的可有可無，自然不可同日而語了！

枕和枕頭

我們睡在床上，日本人也睡在「床」上，但他們的「床」是「畳」、是地板，不是我們心目中的西式睡床，因而要鋪上鬆軟的「蒲團」作墊子。日本人的「蒲團」，有點像我們的被褥子，但不是用來蓋的，而是睡在其上的。用來蓋的被褥子，他們稱為「掛蒲團」（KAKEBUTON），簡寫作「掛蒲団」或「掛布団」。「蒲團」在漢語裏只作座墊解，沒有用來作睡墊的，自然也沒有「掛蒲團」的說法。至於作座墊用的蒲團，日語中除了也可用「蒲團」之外，更清楚的說法應該是「座蒲團」（ZABUTON），同樣地，它也可以寫成「座蒲団」或「座布団」。

總之，日語的「蒲團」，就是睡褥墊子，「掛蒲團」，就是被子，而「座蒲團」才是我們的「蒲團」。我們的「蒲團」，是絕不會作睡褥墊子的。可見即使中日均使用相同的漢字詞語，甚至意思相近，但仍然會各有所指，不能混而為一。因「蒲團」而聯想起另一寢具「枕頭」也是如此。

中、日語都有「枕頭」一詞，但日語的「枕頭」卻是「枕邊」的意思，不是我們所指的「枕頭」。「枕頭」在日語只用「枕」一個單字，讀作MAKURA。日語的「枕頭」，讀作CHINTOO，與讀MAKURABE的「枕辺」（「辺」是「邊」的簡寫法）和讀MAKURAMOTO的「枕元」同義，都是「枕邊」的意思。所以，日語如果說「一直沒離開過病人的枕頭」，就是說「一直沒離開過病人的枕邊（照顧着他）」的意思。當然，我們不能把這種意思作無限的引伸，「枕頭」跟「枕邊」不是必然的一對一關係。因此，將漢語「枕邊人」轉成日語之時，千萬別說成了「枕頭人」！日語沒有「枕頭人」，也沒有「枕邊人」，要表達同樣的意思，只能說「同衾者」。

掛腰的椅子

腰掛ける

音 こしかける

傳統的和式居室，有作地板解的「床」，卻沒有西式睡床。除了沒有睡覺用的「床」外，和式居室之所以令人感到寬敞和空蕩，還有一個原因——沒有擺放椅子。大抵受了中國古代風習的影響，日本人習慣席地而坐，直到現代還是如此。除了學校、辦公室之外，一般人居家之時，無論閒聊、晤談、進食，大都坐在地上進行。彼此盤膝而坐，自然沒有擺放椅子的需要了。

由於是席地而坐，因此，日語的「坐」字，讀作SUWARU，是指坐在地上而言；如果坐在椅子上，便得說「腰掛」(KOSHIKAKERU)。在日本人心目中，那不是「坐」，而是把腰肢掛起來、架起來。你試想像自己坐在椅子上的模樣，像不像「把腰肢掛（架）起來」的樣子？

對於椅子，日語除借用漢語「椅子」外，就叫「腰掛」。「椅子」，日語讀ISU，與漢音近似；而「腰掛」則讀KOSHIKAKE，與作「坐」動作解的「腰掛」稍有不同。對於這些「掛（架）起你腰肢」的「腰掛」，你會聯想到它們就是我們所「坐」的「椅子」嗎？

續談「腰掛」

座る

音 すわる

日語中的「坐」，也可寫作「座」，讀音都是SUWARU。本來的概念是指席地而坐、跪地而坐的動作而言。坐在椅子上，日本人已經覺得有點不像「坐」了，因為它既不要盤曲膝蓋，而且還把腰肢提架起來，「掛」在椅子之上。因此，日本人把坐在椅子上、我們認為是「坐」的動作，日語就叫做「腰掛」，並且把這些「掛起、架起腰肢」的用具（椅子）也稱為「腰掛」。

漢語中沒有「腰掛」一詞，不管坐在地上、椅子上都用「坐」。可見同樣是「坐」，但因為概念上的不同，對字的理解亦不相同。

不過，這裏得略為說明一下：現今的日語中，也可以用「坐」表示坐在椅子上，卻不可以用「腰掛」表達席地而坐。事實上，現代的日本人雖然仍然習慣於席地而坐，但居室之中用以「掛腰」的椅子也多起來；至於學校、辦公室之類，自然就非用「腰掛」不可了。

如果你進入別人的辦公室，他請你「坐」（SUWARU）而不請你「腰掛」（KOSHIKAKERU），其實也是請你坐在椅子上而已，你可別會錯意以為他請你「席地而坐」呢！

「折人話腰」

腰を折る

音 こしをおる

由於傳統習尚跪地而坐，日本人因而將坐在椅子上的「坐」說成「腰掛」，就是掛起腰肢、架起腰肢之意。同時，把這些掛起、架起人們腰肢的椅子也別稱為「腰掛」。不但椅子，在日本有些像板凳似的而名為「床几」、「胡床」、「吳床」等用具，足以讓人「掛腰」（坐）的，也通通屬「腰掛」之類。

漢語沒有「腰掛」一詞，自然不致出現中日詞語之間的不同理解。但由這個詞語而聯想到其他跟「腰」搭配而成、中日共有而意義不同的詞語，卻是頗值一談的。像「中腰」一詞，運用於漢語方面，指的是事物的一半、中間或中途的意思，但以日語來說，則指彎下腰肢、欠身、蹲下的意思，彼此並不相同。又如「腰板」一詞，漢語指的是「腰」的本身（北方人多把這詞語說成「腰板兒」，近似廣東人所說的「腰骨」），但日語則指和服裙褲後腰部分的襯墊，彼此各有所指，毫不相干。

此外，還有一個詞語「折腰」，雖然中、日語都可作陶潛所謂「不為五斗米折腰」中「折腰」的那層意義去了解，但日語別有一種用法：「把別人的說話折腰」，這個「腰」便有點漢語「腰斬」的味道，即中途干擾別人的說話，「打斷別人話柄」的意思。這種「折人話腰」的「折腰」意義和用法，是漢語中所沒有的，可說是日語獨有的「國訓」。

腰的聯想

強腰

音 つよごし

接下來再略提幾個日語中跟「腰」有關的表達方式及其涵義，了解一下它們的聯想是怎樣產生的，也頗有趣。

前文提及，「腰掛」是「把腰肢掛（架）起來」，指的是坐在椅子上；於是，「把腰肢提升起來」的「腰上」，便剛好相反，不是「坐」而是站起來、正要離開的意思。

「腰強」和「腰弱」說的不是腰肢的強弱，而是分別表示兩種不同的態度：「腰強」表示態度強硬，「腰弱」則表示態度軟弱、怯懦。廣東話俗語所說要找人「撐腰」，的確有點使「腰」肢示「強」的用意，跟日語的聯想是接近的。

另外，把腰肢固定下來、安放起來，日語說是「腰據」，連「腰」也「據」着不動，表示沉下心來，專心一意的意思；但說別人坐着不動，賴着不走，也可以說是「腰據」。相反，「腰」沒有「據」着自是不專心的表現，而變為「浮腰」，就更屬游移不定，三心兩意之類了。

「腰低」是腰的低下、矮小，表示謙恭、卑下；相反的，「腰高」則表示態度高傲、傲慢。

除了「腰高」之外，日語表示跟高傲、趾高氣揚相類的意思還可以說「鼻高」，鼻子高高的，有點近似我們所說的「眼角高」，但日語的「眼（目）高」，卻沒有傲慢和看不起別人的意思，而是表示眼力好、見識廣，近似我們所說「眼高手低」中「眼高」的意義。

眼的高下

目が高い

音 めがたかい

從幾個跟腰有關的用語，可以看出某些概念是怎樣通過不同的聯想來表達。不同的語言及文化，往往會形成不同的聯想，於是，同一個概念，表達的方式和途徑會有所不同。同一個詞語，也可能指涉不同的涵義，表達不同的意思。中、日語言之間這種現象尤其普遍。

上次提過，日語中以「腰高」表示高傲、傲慢，「鼻高」也表示志得意滿、高傲的意態。此外，還有「頭高」同樣可以用來表示高傲、傲慢的意思。不過，當要表示謙虛、卑恭、禮下於人等與高傲、傲慢相反的意思時，那就只有「腰低」、「頭低」，而很少說「鼻低」的，要鼻子低低，恐怕要比腰低、頭低來得更困難吧！

至於廣東話俗語所說瞧不起別人那種高傲意態的「眼角高」，日語則沒有相類的用法。日語中「眼高」（目高）跟見識和判斷力有關，如同「目利」、「目肥」一樣，都表示目光銳利、見識廣闊。所以，「腰高」、「鼻高」、「頭高」都可用來表示高傲、傲慢，只有「眼高」別有所指。而漢語裏「眼角高」、「高視闊步」、「白眼」之類卻又偏偏以「眼」為中心。

日語的「眼高」雖不能用來表示高傲、傲慢，但輕視、看不起別人，依然用得着「眼」的。日語所說的「眼下見」是「自眼下而看」，有俯瞰、從高處下望的意思，但表示輕視、看不起別人時，同樣可以用「眼下見」——自眼下來看你，不是把「眼角」朝高嗎？怎會看得起你呢？

腹鼓與喉鳴

腹鼓

音 はらつづみ

在中、日語之間，相同詞語反映不同涵義的例子俯拾即是。就以跟身體部位有關而引發聯想的用語來說，也殊為普遍。除了上文曾列舉的例子之外，我們還可以多舉幾個用例，看看中、日詞語由於聯想上的不同，即使表達方式近似，是怎樣產生走向上的分別，而造成了意義上的歧異的。

例如，日語說「敲打腹鼓」是表達飽嚐食物、滿足自樂的意思，可別誤會它是說「腹中打鼓」。漢語提及「腹中打鼓」，是指腹中咕嚕咕嚕的，含有「腹似雷鳴」，肚子非常餓的意思。日語的「腹鼓」，指的卻是飽食後的狀態，意思剛好跟漢語的「腹中鼓」相反，可不要會錯意。

日語表示肚子餓可說「腹減」，「腹」中的東西「減」少了，自然就是肚子餓了。至於「腹似雷鳴」，除非借用漢語，否則日語不大這樣說。描述想吃東西、食慾大振的情狀，日語則用「喉鳴」來表示，喉頭鳴叫，我們直覺上當以為是嗓子動、要唱歌的樣子了，但日語卻是指想吃東西呢！

「喉鳴」只是鼓動喉頭，表示「想吃」東西而已，如果要顯示更強烈的情狀，非常想吃、想喝，或熱切地渴望目的物到手，日語便說「喉中出手」，由喉頭裏伸出手來，那種描述渴求情狀的形象化、具體化，真是比廣東話所說的「喉急」還要來得「喉擒」呢！

洗腳不幹

足を洗う

音 あしをあらう

日語中表示非常想吃、渴望得到些甚麼東西的時候，說「從喉中伸手出來」，跟廣東話中的「喉急」或「喉擒」有點接近。當然，廣東話的「喉擒」，別有作「猴擒」的，那就屬於另一種聯想，不是自「喉」中伸出手來去「擒」的意思。要是果真如此的話，自然跟日語的「喉中伸手」以表示急切的意義不能相提並論了。

說到「手」字，中日語在運用上的異同也有值得注意的例子。譬如「洗手」一詞，日語可以作為「上廁所」的文雅說法。在香港，間中也可以見到一些廁所外面寫上「御手洗」三字，那是方便日本人看的。「御手洗」就是「洗手」的意思，而「御手洗所」就是「洗手間」，在這方面的用法，中日語是相同的，我們要了解也不太困難。

然而，「洗手」一詞在漢語裏，還可以表示不再幹下去的意思。我們說「洗手不幹」、「金盤洗手」，都是這層意義。日語中卻沒有這個用法，要表達相同的意思，日語不會說「洗手」，而會說「洗足」。日語的「洗足」，往往用來表示一個人下定決心，改邪歸正，從此不做壞事的意思。「洗腳不幹」正好就是我們的「洗手不幹」，一用手，一用腳，卻表達了相同的意義，不是很有趣的事嗎？

手的上下

上手

音 じょうず

同樣表示不幹，漢語說「洗手」，日語則說「洗足」。中國人的想法，大抵認為「幹活」也好，「幹」甚麼也好，總是用「手」的，甚至表示決心改邪歸正，從此不幹污穢的事情，也只是聯想到洗乾淨自己的「手」而已，怎會「洗腳不幹」的呢？直覺上，我們總感到用「洗手」表示不幹比用「洗腳」來得合理。

可是，如果要表示抽起腿腳、避免泥足深陷、不再涉足其中等意思的話，那自然就該是「洗腳」而非「洗手」了。

「手」的確是用來幹事的，所以把事情辦得出色，我們說他是這方面的「高手」，相反，便屬於「低手」之列。這層意義，日語中也不致用「腳」，而同樣以「手」來表達，卻不用高、低之分，而是以上下來顯示優劣，表現出色的稱為「上手」，相反的便是「下手」。

不過，從詞義和應用範圍的大小來說，漢語的「高手」、「低手」跟日語的「上手」、「下手」是不同的。漢語的「高手」通常用於名詞方面，如說他是甚麼甚麼的「高手」，而不會說他的甚麼甚麼「很高手」；而在應用範圍上，也多指某些才能、技藝較之其他人為出色的表現，屬客觀反映，如「文壇高手」、「武林高手」之類，比較少用於本身潛在能力如「教養高手」、「學習高手」的說法。至於日語的「上手」，通常屬於形容性質，如說某人的甚麼甚麼很「上手」，而不說某人是甚麼甚麼的「上手」。從應用範圍來說，也比「高手」來得寬些，遍及於任何能力、技藝方面的良好表現，差不多都能以「上手」描述，如說某人的歌唱得很「上手」，英語說得很「上手」之類，其意義和用法，比較接近漢語的「良好」、「高明」或廣東話的「好嘢」。而「下手」，無疑就等如廣東話所說的「水皮」了。

「手紙」的誤會

手紙

音 てがみ

日語的「上手」，表示能力的良好，技藝的高明，這是最為習用的一層意義。但其實「上手」還有好幾個解釋和用法，譬如表示居於上方的位置、河流的上游、舞台的左側甚至優越的地位、高壓的態度等，都可用得着「上手」（UWATE）這個詞語，只是發音上並不相同而已。

漢語也有「上手」一詞，但除了位置居上的一層意思跟日語相近外，其他用法都和日語不同，像用以表示序例上在自己前面的一個人、前任者的「上手」或用來描述剛剛開始的「一上手就……」的「上手」，都是日語所沒有的用法。至於日語最慣常用作高明、良好解的「上手」，大抵因為漢語已有「高手」一詞，所以也用不上。可見有些詞語，儘管用字相同，寫法一樣，但中日語之間，所反映的概念是不同的，在理解上會有很大的分別。

除了「上手」之外，日語的「得手」跟漢語的意思也不一樣。日語的「得手」，是漢語「得意」的意思，也是擅長某一種才藝的意思。而漢語一般都指成功地取得目的物，或事情辦得很順利，有「得心應手」之意，但卻沒有表示得意、擅長等方面的用法。

這種中日詞語間同形異解的情況，例子很多，以跟「手」有關的詞語來說，我們還可以多舉幾個：「小手」在漢語是「扒手」的意思，日語則有「手巧」、「耍小手腕」的含義。

「手足」在漢語是有親如「兄弟」的意思，日語則有為他人效勞、作他人下屬的含義。

「手紙」在漢語裏有紙巾、衛生紙的意思（廣東話所說的「廁紙」），但日語的「手紙」則完全沒有這方面的用法，而只能作「書信」解，別人希望你多給他「手紙」，就是希望你多給他寫信，可別誤會他要衛生紙，而光是供應「廁紙」給他呢！

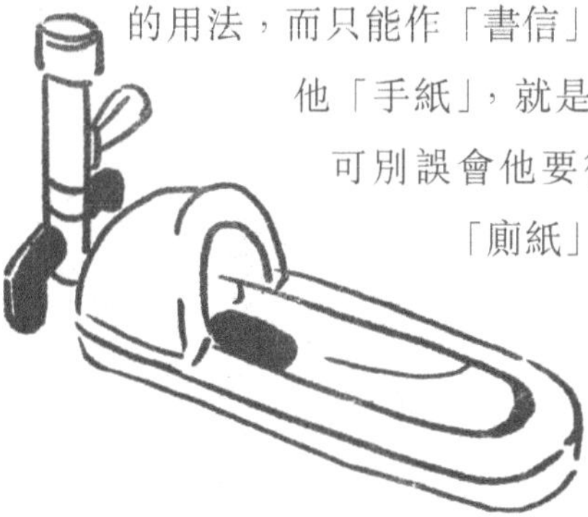

此「草紙」非彼「草紙」

草紙

音 そうし

日語的「手紙」，音讀作TEGAMI，是書信、函件的意思，而漢語的「手紙」，則可作紙巾、衛生紙、廁紙來了解，彼此用法並不相同。如果我們望文生義，就會把信件誤作衛生紙，產生很大的誤會。可見即使文字的寫法相同，但所反映的概念可能是大有分別的。日語的「手紙」，不可作衛生紙、廁紙來理解；我們的「手紙」，在現代漢語來說，也絕不會用以指書函。這是中日詞語同形而異解的一個明顯例子。與此同類，使我聯想到「草紙」一詞。我們的「草紙」，是一種質地比較粗糙而價錢低廉的紙張，在過去，除了用來揩抹骯髒的東西或作包裹物品之外，最主要是作為衛生紙、廁紙的用途。

然而，日語的「草紙」卻完全不是這回事，它不但與衛生紙毫無關係，甚至不能算是一張張的「紙」，而是釘裝好的書籍、冊子。

日語的「草紙」，讀音是SOOSHI，漢字也可以寫成「草子」、「雙子」、「冊子」等，讀音都是一樣的。它除了指釘裝好的整冊書籍，還有別的兩種用法，一是指江戶時代期間附圖的大眾小說讀物，二是指日本古典文學中的一種體裁，包括小說、日記、隨筆之類的作品。

我們的「草紙」，是粗紙、衛生紙、廁紙，而日語的「草紙」，卻是書籍、文學作品，我們千萬別把兩者混同起來，否則，除了容易鬧出笑話外，還可能誤把文學名著看成「廁所文章」，那就更是「有辱斯文」了！

「草紙」文學

枕草子

音 まくらのそうし

前文提及，「草紙」也可寫成「草子」、「雙子」、「冊子」等。日本古典文學作品《枕草子》就是以「草子」為名的文學巨著。關於這部作品，實在很有一談的價值。

《枕草子》的作者是清少納言，約與前文提及的另一部名著《源氏物語》作者紫式部同時，都是日本平安朝出色的女作家，被稱為當代「女流文學的雙璧」。《枕草子》成書約在公元十世紀至十一世紀之間，是日本最早的散文隨筆作品，被認為是「隨筆文學」的鼻祖。日本所謂的「隨筆文學」，概念上比我們現在所說的「隨筆」略寬，把隨筆、紀錄、遊記、講演等也包括了進去，有點近似今天「散文」的範圍。

《枕草子》書影

《枕草子》可說是以描寫個人

感想、經驗為主的隨筆集，全書凡三卷，由三百零一段長短不一的章節組合而成。作者才氣橫溢，精通和漢文學，曾入宮服侍皇后，深受寵愛；《枕草子》大概寫於她進宮當「女官」的時期。在書中，作者憑藉敏銳的觀察力，把宮廷的生活和事件、人世間的悲喜煩愁、自然界的千變萬化，以至個人的感想、情趣、嗜好等，以細膩簡潔、生動而傳神的文筆通過隨筆形式描繪出來，表現了高雅、嫻靜的美的境界，很有創造性，也取得很高的藝術成就，對隨筆文學的發展影響極大。《枕草子》原意其實是「枕旁的草紙」，即把編綴好的「草紙」放在身邊，以備隨時隨地可以將所見所感的各式各樣事物寫下來。因為把「紙」寫成了「子」，書名便顯得格外雅致；如果寫作「枕草紙」，那我們就會有別些聯想，而觀感也有所不同了。

「草紙」、「草子」日語是同音同義的，但在我們看來，便總覺得它該有點分別。語言運用習慣上的影響，的確不可思議！

「切」不掉的「手」

切手

音 きって

回頭說跟「手」有關的詞語。

若說「手紙」是中、日之間共有的同形詞語而意義不同，那麼，還有一些是日語有而漢語沒有的詞語，由於語言運用習慣上的影響，如果光是「望文」而「生義」，我們也可能產生別的聯想和理解。

像「切手」一詞，在漢語中是沒有的，但因為「切」含有以刀割斷的意思，那直覺上我們便可能簡單地把它理解成「切掉手腕」，或至少是「切及手腕」。然而，日語的「切手」卻完全不是這個意思，甚至跟「手」無關，而是指「郵票」。

原來日語作「郵票」解的「切手」，是「郵便切手」的省略說法，「郵便」即我們所說的「郵政」，「郵便切手」，便是「郵政上使用的切手」之意。可見「切手」一詞，本來並非專指郵票而言的，只因省略「郵便切手」而成的「切手」用得比其他「切手」普遍，人們才把它跟漢語「郵票」二字的意義等同起來。事實上，除了「郵便切手」之外，還可以有其他「切手」的呢！

日語的「切手」，音讀作 KITTE，原是指作符信用的票據或代用券，即在券中央蓋上印鑑，然後將之一分為二，持券雙方各執其一，作為證明的做法。這種票據跟中國古代的符信和今天的聯根票據差不多，所以「切手」之「切」，也的確有點一分為二、「切斷」的涵義，只是「手」跟肢體無關而已。

「切手」既是票據或代用券，它的用途便比較廣泛，尤其在金錢和商品方面。用於金錢方面的，便是滙票、支票之類。在日本的中古時期，滙票、銀票等金錢代用券都稱為「切手」、「切符」（KIPPU）或「割符」（WARIFU）；如今，日語中的「切符」多指車票、戲票而言，「割符」則是聯根的票據；至於滙票，也另外用上了「為替手形」（KAWASE-TEGATA），於是「切手」便較為集中用以指「郵便切手」了！

「小切手」不同於小「切手」

小切手

音 こぎって

日語的「切手」，即是郵票，原先是指一般的票據、代用券、證券等。用於商品之上，就是各類的「商品切手」，也稱為「商品券」，是用作換取商品的票券，可以是換取某一類商品的，也可以是用來換取一定銀碼的不同類商品的。這些「商品切手」，多由百貨公司、店舖發出而顧客往往以之作為餽贈之用，其實就是「公司禮券」。此外，「切手」還可作為物品儲放於倉庫用的憑據，作這方面用途的，日語稱為「藏預切手」，或直接以物品名稱來説明它，像人們比較熟知江戶時代的「米切手」，就是指食米的存放、保管證券而言。

「切手」既有這般含義，也有這麼多的用途，所以，雖然現今一般常用的意思是指郵票而言，但也應明白那不是唯一的解釋，否則，對不指郵票而言的其他「切手」，便可能出現誤解了。像「小切手」一詞，日語音讀作 KOGITTE，是「現金支票」的意思，如果我們只知道「切手」是「郵票」，而把「小切手」理解成為「小郵票」，那就不對了。這是不能「望文」而「生義」的另一例。

「小切手」是「現金支票」，「振替切手」是「轉帳支票」。要是了解到「切手」原先的意義和用法，那麼，即使它並非指「郵便切手」、跟郵票無關，我們也不致於產生太大的疑惑。

由「切手」談到「切腹」

切腹

音 せっぷく

日語的「切手」是「郵票」，可說是個我們不太熟悉的詞語，所以不能隨便「望文生義」。

可是，另一個跟「切」有關的詞語「切腹」，雖然也不是漢語詞彙，但一方面因為它是一種廣為人知的日本風尚，另一方面也因為單從字面的理解，我們也可以直接地推究出其意義來，所以就不致於感到太陌生。「切」就是切斷、切割的切，「腹」也是腹部的腹，跟我們的認知沒多大出入。

無論如何，對一個完全不懂日語的人來說，雖然

「切手」與「切腹」兩者同屬非漢語詞彙，但「切腹」總較「切手」更易於理解和掌握，應該無可置疑。

「切腹」的意思簡單不過，就是「切割腹部」而已，那是非常獨特的自殺方式，成為深具代表性、富有象徵意義的一種日本風尚。它源於日本傳統的武士道精神，原是武士間流行的一種自盡方式。為了體現那種武士特有的氣質和勇毅、視死如歸的精神，他們慢慢地刺向自己的腹部，然後剖割，再安詳地、從容地倒下而死。對崇尚武士道的人來說，採取這種方式自盡，是至高無尚的光榮，是值得驕傲的一種死亡方式。現代有這種想法的日本人，仍然不少呢！

「切腹」也可說成「腹切」(HARAKIRI)，由於日語語法是賓語前置的，所以說「腹切」更合乎日式的說法。在「切腹」和「腹切」之間，似乎「腹切」用得更為普遍。

再談「切腹」

腹切

音 はらきり

日語中的「切手」與「切掉手腕」無關，日語中的「切腹」卻的確是「切割腹部」，兩個「切」字的用法並不相同。可見，詞形結構雖然近似，但字義還是不可隨便混同來理解的。

當然，「切腹」在日語中含有比較特殊的意義，是日本非常獨特的自殺方式，是富有代表性、象徵性的日本事物之一。事實上，認為「切腹」是體現視死如歸的勇毅精神、保持個人志節與聲譽的自盡方式，也的確是在日本武士間才流行的做法。在江戶時代，這種自盡方式亦是對武士施用的一種特別刑罰，武士受這種刑罰之時，在剖腹自盡之後，還有人特別照顧他，把他的頭砍下來。人們認為，這種做法比一般的斬首更能發揚武士的精神與保持武士的聲譽。至於這個把武士的頭砍下來的人，日語稱為「介錯人」(KAISHAKU-NIN)。「介錯人」也可寫作「介惜」、「妎妁」，含有護理、照顧的意思。

「切腹」的日語讀音是SEPPUKU，也可以別作「割腹」(KAPPUKU)、「屠腹」(TOFUKU)、「腹切」(HARAKIRI) 等。直到今天仍有不少人認為這是一種崇高的自殺方式，像著名的現代文學作家三島由紀夫(MISHIMA YUKIO)，便是採取這方式自盡而轟動一時。

切腹之痛與切割之異

自腹を切る

音 じばらをきる

「切腹」就是「切割腹部」，那是一種自剖其腹以求死的自盡方式，對崇尚武士道的人來說，向來認為這是種保名重節、以死謝罪、勇毅而光榮的做法。然而，在日語慣用語中，「自切其腹」卻與自殺、光榮而死無關，而是表示自掏腰包、自己付錢的意思。通常用以指某些費用，特別是公家要支出的款項，本來不必由自己負擔，到頭來卻由自己支付，就會用得上「自切其腹」這句話。的確，支付了一筆本來不必自己支付的金錢，會令人感到「心痛」或我們所說的「肉痛」，程度深的，甚至會「心如刀割」哩！所以「自切其腹」雖然不是自殺，但也應該是很「痛苦」的吧！自掏腰包，對不少人來說，不啻是「痛似切腹」；不必支付而支付，更簡直是「切腹之痛」了。

「自切其腹」的確是很「痛苦」的，所以另一句日語慣用語「腹痛」，也不光是指肚子痛而已，而是跟「自切其腹」一樣，指自掏腰包、自己負擔費用的意思。像公司派你到外地出差，但所給津貼不夠，要自己掏腰包支付若干費用，這種情形，就可說是「自切其腹」、「腹痛」了。

另一方面，雖然上文提及「切腹」也可以別作「割腹」，但慣用語中的「自切其腹」卻跟「自割其腹」的意思不一樣。「自切其腹」的意思我們明白了，「自割其腹」則與自掏腰包、自己負擔費用毫不相干，而是向人自我剖白，把要說的話說清楚，有「推心置腹」的意思。

「切」與「割」本來是可以通用的，但在這裏卻產生了不同的聯想，而表達了不同的含義，語文的運用，有時真不可思議！

「心」「腹」之異與「切身」問題

切身

音 きりみ

日語把自掏腰包以支付本來不必自己支付的費用說成「自切其腹」、「腹痛」，我們把兩者聯繫起來，戲稱之為「切腹之痛」。在漢語來說，則很少把這種情形跟「腹」連起來作聯想，只會說「心痛」或廣東話的「肉痛」，而不會說「肚子痛」。「心痛」或「肉痛」自然不是專指自掏腰包而言，但也可以用來形容這種情狀。有趣的是，我們用「心」的地方，日語卻往往會用上「腹」，除了這裏的「腹痛」跟「心痛」和上文提過、日文的「自割其腹」跟漢語的「推心置腹」意義相近之外，我們說試探一下別人的「心意」，日本人說「探腹」；我們所說的「黑心」或「黑心腸」，日本人卻要說「黑腹」哩！以漢語來解讀「探腹」和「黑腹」，就有點不明所以，不大好理解了。

另一方面，除了「切手」、「切腹」之外，詞形結構比較接近的還有一個「切身」。「手」、「腹」、「身」都是身體部位，加上了「切」，我們很容易以為它們會有意義上的聯繫，但事實卻並非如此。「切手」是郵票、商品代用券，「切腹」是自殺的一種方式，而「切身」

則與兩者都沒有關連，而是指魚片、魚段，即把魚身切成一塊塊、一片片的樣子。

我們知道，日本人嗜食魚生，把一整條的魚切成片斷，作為菜餚，那魚片就是「切身」（KIRIMI）了。除了魚之外，一般的肉片也可稱「切身」。無論如何，跟漢語所言「切身問題」的「切身」並不相同。可見「手」、「腹」、「身」是三個身體部位，但加上了「切」，便各有所指，毫不關連了。

「切身」和「刺身」

日語的「切身」，不是我們所說「切身問題」的「切身」。漢語中「切身」的「切」是「切近」的切，而日語中「切身」的「切」則是「切割」的切，彼此並不相同。雖然「切身」的確是「切割身體」，卻不是指自己的身體，而是以魚、肉為切割對象的「身」。

把鮮魚肉切成一片片、一段段的「切身」是日本最具代表性的菜餚之一，我們稱之為「魚生」，日語則一般叫做「刺身」（SASHIMI）。

「魚生」當然不是日本獨有的，中國南方特別是廣東省內的所謂「魚米之鄉」也盛行吃「魚生」。生活在香港，自然不會感到陌生。只是日本的「刺身」跟我們的「魚生」，無論在材料、製作、進食方式以至味道等方面都各有不同。雖然兩者同樣鮮美可口，但日本人嗜食「刺身」的程度遠在中國人之於「魚生」之上，這是毫無疑問的。

日本人無論南北，甚至遠居海外，都沒有不喜歡吃「刺身」的，說它是日本的「國食」也毫不為過。近年來喜歡吃「日本料理」（日本菜）的外國人漸多，相信不少人也曾一嚐「刺身」的滋味吧！

きゃ	きゅ	きょ
キャ	キュ	キョ
kya	kyu	kyo
ぎゃ	ぎゅ	ぎょ
ギャ	ギュ	ギョ
gya	gyu	gyo
しゃ	しゅ	しょ
シャ	シュ	ショ
sya (sha)	syu (shu)	syo (sho)
じゃ	じゅ	じょ
ジャ	ジュ	ジョ
zya (ja)	zyu (ju)	zyo (jo)
ちゃ	ちゅ	ちょ
チャ	チュ	チョ
tya (cha)	tyu (chu)	tyo (cho)
にゃ	にゅ	にょ
ニャ	ニュ	ニョ
nya	nyu	nyo

ひゃ	ひゅ	ひょ
ヒャ	ヒュ	ヒョ
hya	hyu	hyo
びゃ	びゅ	びょ
ビャ	ビュ	ビョ
bya	byu	byo
ぴゃ	ぴゅ	ぴょ
ピャ	ピュ	ピョ
pya	pyu	pyo
みゃ	みゅ	みょ
ミャ	ミュ	ミョ
mya	myu	myo
りゃ	りゅ	りょ
リャ	リュ	リョ
rya	ryu	ryo

美味和食

美味しい

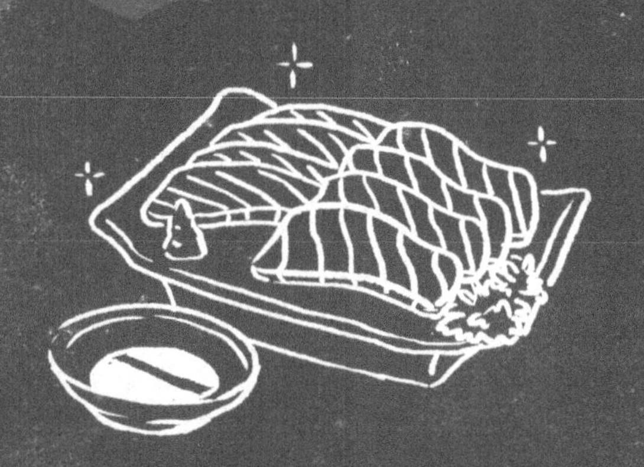

日本名菜——「刺身」

日本人嗜食魚生，比起中國最喜吃魚生的廣東人來說，也有過之而無不及。廣東人的魚生雖然吃起來也鮮美可口，別有風味，但材料比較單純，除了鯇魚外，很少用其他魚種，在中國菜中稱不上是名貴菜式，喜歡吃魚生的人也不那麼普遍。日本魚生「刺身」就不同了，不管南北、國內國外，幾乎沒有日本人不喜歡吃「刺身」，而其所用的材料也多樣化，各類魚介都有，款式也不一而足，相當講究。價錢方面，雖然會隨所用材料和調理方式的不同而有高低之別，但在一般的「日本料理」館子中，卻屬於貴價菜式。日本人款待客人之時，不管是否本國人，也往往先問客人是否要「刺身」，視之為奉客的上品。

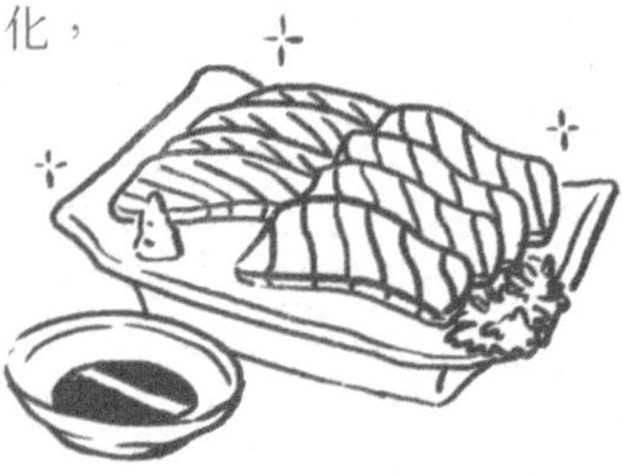

所以，「刺身」不但是日本最具特色、最具代表性的菜式之一，而且是最為一般日本人受落、最受歡迎的佳餚，不少人對它更到了着迷的地步。說它是日本的「國食」、「國菜」，實在一點也不為過。

為甚麼日本人這麼喜歡魚生，這樣偏嗜「刺身」呢？雖然它的調理方法很富特色，很有風格，但歸根究底，還是所用的材料——魚肉本身的吸引力所致。「刺身」是完全不用烹煮的，即使有附加配料，最重要還是魚肉本身的原味，所以，它必須新鮮、嫩滑、肉厚而無骨，進口甘香、鬆軟而不腥不臊。一經烹煮，這些特點便消失，也品嚐不到魚肉的真正原味了。

沒有嚐過「刺身」的人，會覺得活生生地把魚肉放進口裏很不可思議，甚至視為「不文明」的食法。但喜吃「刺身」的，則又感到魚香沁脾，齒頰生風呢！

略談「刺身」的魚肉食材

鮪

音 まぐろ

日本人嗜食魚生，「刺身」成了「日本料理」中最富特色、最具代表性的菜式。

不少人也不明白，「刺身」既沒有經過烹調，為甚麼日本人對之這麼偏嗜甚至着迷呢？其實，喜歡吃「刺身」的人都知道，最根本的原因，就是由於它能夠保持魚肉最天然的、最本始的、最單純而不受其他烹調手法影響的「原味」、「真味」之故。所以，雖然它也有其特殊的配料和調味品，亦講究魚身切割的刀法，但用甚麼「材料」卻仍然是最重要的。「刺身」的高低優劣，是否鮮美甘腴，都取決於「材料」本身而定。

「刺身」的主要材料

自然是魚，一般來說，用的大都是海魚。同時，通常都依魚肉的色澤分為「赤身」（紅肉、瘦肉的）和「白身」（白肉、肥肉的）兩大類。「赤身」的魚像鮪（MAGURO）、鰹（KATSUO）、鰤（BURI）等就是；而「白身」的魚像鯛（TAI）、比目魚（HIRAME）、鱸（SUZUKI）、河豚（FUGU）之類就是。除了河豚之外，一般日本館子的「刺身」以鮪魚為材料者最稱上品。

「鮪」就是我們所稱的「金鎗魚」，即英文的TUNA，亦即香港人依英語音譯而成的「吞拿魚」。

「吞拿魚」在一般人的印象中沒有甚麼特別，因為人們嚐到的大多是罐頭製成品，它的原樣是怎樣，新鮮魚肉本身的真正味道如何，要是沒吃過日本「刺身」的話，恐怕會是一無所知的呢！

以「鮪」魚為主食材的「刺身」有兩種，一種稱為 TORO，另一種就叫做「鮪」，即 MAGURO。

TORO 與 MAGURO

日本魚生既着重於保持魚肉的鮮美和天然真味，自然對所用的材料較為講究。一般「日本料理」店中最受歡迎而又價錢略貴，被視為上品的「刺身」是TORO，其次是 MAGURO；有些喜歡吃日本魚生的外國人往往以為這是兩種不同的魚類，其實這是一種誤解。MAGURO 固然是「鮪」（金槍魚），TORO 也是從「鮪」切割下來的，只是部位較為特殊而已。

MAGURO 既是「鮪」，作為「刺身」之一的 MAGURO，指的自是「鮪」的主體部分，那就是其背部的瘦肉，不含脂肪而呈暗紅色，肉質相當鮮美可口。至於 TORO，所在的位置剛好與之相對，指的是「鮪」魚腹身脂肪較為豐富的部分。若以整條魚來說，TORO 所佔的範圍很小，但入口特別甘腴香滑，所以分外矜貴。

隨着「日本料理」館子的日漸增多，日本魚生的吃法也漸為外國人接受；以香港來說，相信不少人都十分喜愛「刺身」，甚至曾經一嚐「TORO」、「MAGURO」的真味，並對之偏嗜起來。由於兩者名氣較大，有些人更以為日本魚生就叫做「TORO」、「MAGURO」呢！不過，說來頗有趣，日本人吃「刺身」的傳統雖然相當久遠，但把 TORO 視為「刺身」的上品，還是第二次世界大戰後的事，大抵那時對脂肪性的食品較為重視吧！至於「鮪」魚之受到一般家庭歡迎而用來烹調 MAGURO「刺身」，亦在五十年代急凍技術進步之後才普遍起來。事實上，要是這種遠洋漁穫無法保持其鮮味，着實難以令人願以高價買來小小的幾片，然後端在桌上，慢慢細嚐；恐怕只能一直淪為廉價的罐頭「吞拿魚」而已。

日本魚生的種種

日本「刺身」的眾多食材之中，算得上是上品而又最為我們熟悉的應該是TORO和MAGURO。它們同屬一種魚，只是腹肉、背肉的不同而已。日語的TORO一詞，只有發音，沒有漢字；MAGURO則既有發音，也有漢字，寫法就是「鮪」。

「鮪」不是個日本國字，漢語也有，但作為魚名，則中日所指者不同。日語的「鮪」是金槍魚，而漢語的「鮪」則不是，而是另一種魚。至於日語為甚麼稱這種魚為MAGURO呢？據說那是因為這種魚在海中游戈之時，其隆起像小山似的背部是黑色的，日語「黑」讀作KURO，而「背黑」讀SEGURO，「真黑」讀MAGURO，所以，MAGURO就是指其背部「真黑」（全黑）的意思。另一說是這種魚的眼睛大而黑，所以又稱為「目黑魚」，「目黑」在日語的發音讀MEGURO，和MAGURO近似。

日本魚生除了TORO和MAGURO之外，當然還有很多以其他魚種做材料的，我們也不能一一細述了。事實上，除了魚類之外，不少海產也是「刺身」的上佳材料，像蝦、龍蝦、墨魚、赤貝等都是較為普通常見的。所以，說「刺身」是日本魚生只是方便的說法，它其實不一定都是「生」的「魚」。只要鮮美可口，甚麼海產都可以成為「刺身」的材料。

說「刺身」的材料是海產，其實還是籠統的說法，「刺身」的食材不一定限於海產。有些人以為廣東人的魚生是河產的、淡水的，日本人吃的魚生定是深海的、鹹水的，那其實是不太全面的誤解。日本「刺身」同樣有河產的、淡水的，像「鯉魚刺身」便是一例。

刺身之刺究竟作何解？

說了這麼多有關「刺身」的話題，本文想探討一下「刺身」的意義。

先說說「刺身」(SASHIMI)這個詞的寫法，原來除了刺身外也可以寫作「指身」、「指味」、「差味」、「刺躬」、「魚軒」等，讀音都一樣。而把生魚肉切成細小的一片片，在過去本來稱為「鱠」(NAMASU)。「鱠」也可以寫成「膾」，是日本傳統的一種食物烹調方式，即把切細的生肉配上酒、醋而製成，也是生吃的。這些生肉，不一定都是魚肉，也有其他鳥獸的肉。後來因為以魚為原材料的「鱠」多起來，才漸漸把「膾」寫成「鱠」，看上去好像是個只跟魚有關的字詞。

把魚肉切成細片、細段，前文提過了，日語稱為「切身」，「鱠」既是生魚肉的「切身」，那「切身」後的小片是甚麼魚，變成「鱠」之後較難辨認。於是，為了清楚知道這盤生魚「鱠」用的是甚麼魚，日本人便想出一個特別的辦法，就是把「切身」後的那條魚的魚鰭放在生魚「鱠」的旁邊，讓人一看見魚鰭便知道這盤「鱠」的元食材是甚麼，含有指示的作用。日語指示的「指」跟「刺」同音，都是 SASHI，所以「刺身」就是「指身」，即以魚鰭「指」出其正「身」是甚麼的意思。把魚鰭也加上去的「鱠」，初時便稱為「指身鱠」、「刺身鱠」(SASHIMI NAMASU)，其後才簡化而成「指身」、「刺身」。

把魚鰭放在切妥後的魚生旁邊，除了含有指示的作用外，如果放置得精巧，其實也是很美觀的裝飾品呢！

刺身就是切身

山葵
音 わさび

原來「刺身」就是「指身」，即把魚鰭放在魚生「鱠」之旁，以「指」示出正「身」是甚麼魚。如果這個說法成立的話，那麼，「刺身」的「刺」便不是「刺殺」的「刺」，而是「指出」的「指」的同音字，也可說是含有「刺知」的「刺」的意思。

不過，也有另外一個說法，說「刺身」其實就是

「切身」，但因為「切身」的「切」是個禁忌語，因而改稱「打身」（UCHIMI）或「刺身」。有一段時間，也出現過「打身」這一叫法的。

兩者比較，恐怕還是前一說較具説服力。此外，在日本關西地區（即大阪、京都、神戶一帶）把切割魚類稱為「造」（TSUKURU），因而也將魚生叫作「造」（TSUKURI）或「造身」（TSUKURIMI）。關西的「造」或「造身」，與關東（東京、橫濱一帶）的「刺身」同義，但正式場合中還是以用「刺身」一詞為宜。

交代過「刺身」的名義之後，不能不略為一提的是「刺身」的配料和調味品。「刺身」既是魚生，是生吃的，完全不經烹煮，自然以其本身材料的「原味」、「真味」為主，它的配料多為裝飾性質，最普通的是紫蘇葉、蘿蔔絲、紅蘿蔔絲和薑絲，對「刺身」本身的「原味」、「真味」毫無影響，至於調味品方面反而有一談的價值。過去的魚生「鱠」多用醋為調味品，現在的「刺身」則多以醬油為調味品。但醬油之外，還有一種綠色的芥茉，日語稱為 WASABI，漢字寫作「山葵」或「山薑」，那是日本的特產，味道近似我們的「芥辣」而不同，配合起「刺身」來，非常好吃。香港人的腦筋動得快，飲食文化發達，現在連不少粵菜也配上這種 WASABI 作調味料呢！

馬刺

馬刺

音 ばさし

有些人以為日本魚生所用的原料都是海魚，沒有以淡水魚來做「刺身」的，甚至以為廣東魚生與日本「刺身」的不同，主要便在於河魚、海魚之別。其實這種了解並不全面，雖然日本魚生的原料的確大多是海魚，但卻非全然如此，它同樣有用淡水魚作為食材，只是不太普遍而已。像「鯉魚刺身」，便在某些內陸不近海的地方才有，一般是比較難以嚐到的。在我們的印像中，總以為日本鯉魚是用於觀賞方面的（如錦鯉），其實它是河魚中主要的食用魚之一，不過，未必定然是「刺身」而已。當然，若以味道來說，「鯉魚刺身」恐怕比不上海魚「刺身」那麼鮮美呢！

另一方面，「刺身」其實不限於以「生」的「魚」類作材料，我們說它是「日本魚生」，只是圖個方便的說法。其他不少海產，像蝦、八爪魚、帶子、海膽等等，都是上佳的「刺身」材料。

事實上，除了海產魚介之類以外，還有以其他肉類來做材料的，像「雞肉刺身」，便是以雞胸肉來做的「刺身」。生吃雞肉，恐怕不少人聽起來也會倒胃哩！

此外，還有一種以生馬肉來做「刺身」的，稱為

「馬刺」（BASASHI），是日本九州阿蘇火山地區附近的著名菜式。那地方多馬，又不近海，要吃海鮮自然不易，只好以「馬鮮」來代替，做出「馬刺」來。如今，也不光是阿蘇山地區，就連東京、大阪等大城市，都可吃到「馬刺」，成為日本獨特的食品。

「刺身」既有魚類的，也有其他海產的，更有禽畜的，說它是「日本魚生」，只是個籠統的說法而已。

壽司、鮨和鮓

音 すし

日式食品中，有一款非常普及的食物叫做「壽司」，不但在日式餐館中可以經常吃到，一般日本的家庭主婦也喜歡在家中調製食用或弄成便當，讓家人在上班或上學時作午餐享用，非常方便。如今，這款日式食品不單在日本極為普遍，在香港以至世界各地都相當流行。可以說，那是日本料理的代表性食物，也是廣受歡迎的一種食物。

製作「壽司」，說來並不複雜，先是把煮熟的米飯鋪開來，當中放上魚介、酢（醋）和鹽或醃製過的漬物，然後以手握或用小竹簾捲成飯糰便可。當然，製作得是否美味，那還得端視用料是否上乘和壽司師傅的工夫而定。

「壽司」二字，其實是日語「SUSHI」的擬音，它正式的漢字寫法應該是「鮨」或「鮓」。所以，日本的壽司食堂，除了「壽司」二字外，也可寫成假名「すし」，漢字「鮨」或「鮓」，或半漢字半假名「壽し」，發音都是「SUSHI」。在漢語裏，「鮨」除了是魚類的一種外，也可解作魚醬。在日語中，「鮨」除了指壽司，也可解作大條的金槍魚，不過，讀音就變成「SHIBI」。另外，在中國古代，「鮓」的其中一個意思是指魚經過醃製後貯藏起來的食品，如醃魚、糟魚之類。日本借以表達用酢或鹽處理過的壽司，看來也頗為合理。

亦別有一說：壽司讀音是「SUSHI」，有人將之分開「SU」和「SHI」兩部分來理解。其中的「SU」指的就是「酢」（醋），因日語「酢」的讀音就是「SU」；而「SHI」指的是「鹽」，因日語中「鹽」讀作「SHIO」；因而合成「SUSHI」的發音，表示這食物是經「酢」和「鹽」處理過的。

「鮓」字日語固然可唸作「SUSHI」，但它還可表示另一個意思，就是用以指水母，即可供食用的海蜇。這一層意思，中日用法都相同。不過，用以稱水母的「鮓」，日語發音作「KURAGE」；漢語則音「乍」。而在粵語中，稱最怕在海中游泳時遇上的「白鮓」，説的就是這種在海水中浮游名為「鮓」的生物——水母。

說「丼」

走進日本餐館，經常會看到其中一款食品叫做甚麼「丼」的。這個「丼」字，日語唸作「DONBURI」。它的其中一個意思是，拋物落井水時所發出的聲音；但它還有另一個更普遍、更廣為人知的意思，是指底部較深的鉢或碗，用這些鉢或碗來承載米飯和菜餚的日式料理因而亦稱為「DONBURI」，就是日本餐館所見的這個「丼」字。

一般「丼」例如「親子丼」，即把雞肉（親）和雞蛋（子）鋪在米飯之上；「牛丼」，即把牛肉鋪在米飯之上；諸如此類，凡在米飯之上鋪上甚麼菜餚的，就叫甚麼「丼」了。這款食品，有點跟香港上世紀五、六十年代大排檔的「大飯餸」相似。不過，這款「丼」上有蓋子，因此，有人稱之為「蓋飯」；亦有人按照日語的簡化發音而稱之為甚麼甚麼「DON」的。

由於「丼」是日本非常普遍而又簡單的飯餐，在香港也頗流行，加上「丼」在漢語中並非常用字，因此有些人就以為這是個日式漢字，是個日本的「國字」。

事實上，「丼」並非日本漢字，而是個漢語中固有的漢字。早在《說文解字》中，即有這個「丼」字，它是「井」的原形本字，其後「井」、「丼」分成兩字，「丼」有了新的讀音，也表示另一層意義。在漢語中，「丼」字的讀音是都敢切，意思是投物井中所發出的聲音，日語「丼」字也有這層意思，可說是從漢語而來；但「丼」在日語中作為食品之一的用法卻是漢語所沒有的。日語這種借用漢字的字形而意義有別，就是所謂「國訓」。

「丼」字作為投物井中所發出聲音的一層意思，是比較貼近其造字本義的，井字中間那一點象徵拋落井中的東西，落到井水中所發出「丼」（都敢切）的一聲便是這個字的本來意義。

引而伸之，粵語中把不要的東西丟掉稱「丼嘢」，把垃圾拋棄掉叫「丼垃圾」，也許就是這個「丼」字。不過，亦有人認為粵語說丟掉東西、拋棄垃圾跟英語的「dump」有關，即「dump 嘢」、「dump 垃圾」，因為 dump 有拋棄的意思，所以借用到粵語來。然而，不管如何，若要表示拋東西落井水中所發出「dump 的一聲」，就必定是這個「丼」字。

「烏冬」究竟係乜東東

饂飩

音 うどん

日本料理館子中，有一款非常普遍的食物，叫做「烏冬」。「烏冬」是一種白色的麵食，既不是河粉，也不是瀨粉，不但在日本相當流行，在香港也廣受歡迎，是具有代表性的日本食物之一。然而，「烏冬」只是我們對它的稱法，日本是沒有的，日本人一般用假名「うどん」（UDON）來名之，中國人則給了它一個發音非常貼切的音譯詞：烏冬。

日本雖沒有用「烏冬」這兩個字，但其實「うどん」的稱呼，最早反而是源自中國的。原來「うどん」這個詞，它的漢字寫法是「饂飩」。「饂」這個字，也可以寫成「餫」，不過無論是「饂」還是「餫」，都不是中國固有的文字，它是個日本人創製出來的所謂「國字」。

早在日本奈良時代（公元710至793年），由唐朝傳入一款名叫「混沌」的糕點，它以小麥粉製成薄粉皮，當中用肉或其他材料作餡料，然後捲包起來，再用蒸籠將之煮熟，

變成圓圓的，跟我們的餛飩和雲吞有點相似的食品。其後，由於它是食物，所以改用了「食」字作偏旁，把「混沌」變成「餛飩」；又因它要煮熟才可吃，因而改寫成「溫飩」或「温飩」；為了表示它跟食有關，於是又特別為之造了「饂」和「䭀」兩個國字而成「饂飩」或「䭀飩」，發音方面就是「うどん」(UDON)。所以，「うどん」的原意，本是指跟我們的餛飩或雲吞近似而有餡料的食物。到了後來，即使沒有掐餡料，只是以刀將薄粉皮切成細麵，也叫「うどん」，就是我們現在所說的「烏冬」。這種「うどん」跟以前所指的，其實並不是同樣的東西。要是用漢字的話，依然得用上「饂飩」或「䭀飩」來表示。

咬文嚼字

庖丁與庖丁的刀

庖丁

㊅ほうちょう

成語「庖丁解牛」典出〈莊子·養生主〉篇，是《莊子》中著名的寓言故事之一。庖丁是個供膳的人，就是今天所說的廚師。篇中說他為文惠君宰殺牛隻，牛隻被宰殺之時，不但不覺得痛苦，甚至被肢解到整個身體「如土委地」，竟還不知道自己已死掉，真可說是神乎其技的解牛高手。

文惠君問他怎樣能有這麼出色的技術呢？他解釋說：當最初要解牛之時，他看到的確是一隻整體的牛，但經過三年之後，面對的已不是一隻完整的牛體；再過些時候，他僅從心神去領會牛的存在，而不必透過眼睛去觀看了。器官失去了作用，只在心神運行之際即可解牛。

他是如何去宰殺牛隻的呢？首先要順着牛隻天生的紋理，用刀找出牛隻筋肉間虛空的地方，然後順勢進入到骨節間的間隙，直至到經絡相連之處，都不會遇上甚麼妨礙，何況是大骨頭呢？

他接着強調，一個好的庖丁，一年便得換上一把刀。如果是個普通的庖丁，更需要每月便更換一次。原因就在於他們只知用刀去割筋肉、砍骨頭，刀口磨損嚴重，所以需要定期更換。而他的刀子，雖然已用了十九年，肢解的牛隻有數千頭，但刀刃仍然有如剛從磨刀石上新磨般鋒利，絲毫無損。關鍵就在於他懂得牛隻骨肉間有間隙，而刀刃卻薄如無厚，因而游刃有餘，這就是所謂「以無厚入有間」的道理。

這個寓言故事，表現了莊子對養生的態度和主張，要順勢自然，不可硬闖，不可違背天性，然後才可以避禍，才可以養生，以達至天命之境。「庖丁解牛」這句成語則用來比喻人們處事技術純熟、靈巧，解決問題的手法乾淨利落。

漢語中除了「庖丁解牛」這句成語外，便很少用上「庖丁」這一詞語。但在日語中，「庖丁」（HOOCHOO）的使用非常普遍，它既非指人名，也非指供膳的人，更非用以形容刀法了得，而是指日常在廚房用來切菜切肉的菜刀。菜刀是家家戶戶都應常備的廚具，「庖丁」一詞自然應用普遍。把一個刀法奇高的人物作為菜刀這種常用器具的名稱，日語中的「庖丁」，真可說是個非常獨特而有趣的「國訓」。

各種「料理」

料理

音 りょうり

「料理」一詞，由古及今，都是我們恒常應用的詞語。它的意思也顯淺不過，就是事情得到適當的整理、處理、安排或照顧的意思。

「料理」這兩個字，根據《説文解字》的解釋「料，量也，从米在斗中」，而「理，治玉也」。以「理，治玉也」引伸為整理、處理等的意思尚且容易明白，但「料，量也」，「料」的本義是計算多少、輕重的用語，作為整理、處理等的解釋就不大貼切。原來「料理」的「料」本應作「撩」字才對，《説文解字》中說：「撩，理之也。」段注解釋：「謂撩捋整理也，今多作料量之料。」所謂「撩捋」，即取而整理之意，其後才將「撩理」改作「料理」。此外，又據唐釋玄應《一切經音義》引東漢服虔《通俗文》說：「理亂謂之撩理。」換言之，「料理」本作「撩理」，其後「今多作料量之料」而變成「料理」。

《世説新語．德行》篇載晉韓康伯母聞吳道助、附子兄弟因喪母而悲號哀踴，深受其痛哭聲感動，因而囑咐康伯說：「汝若為選官，當好料理此人。」這裏的「料理」，就有處理、安排、照顧的意思。杜甫〈江畔獨步尋花詩〉：「詩酒尚堪驅使在，未須料理白頭人。」此中的「料理」，則有慰解、關懷、照顧的意思。而《南齊書．蕭景先傳》載景先的遺言中說：「六親多未得料理，可隨宜溫卹。」又說：「周旋部曲還都，理應分張，其久舊勞動者，應料理。」其中的「料理」，同樣有安置、處理、照顧的意思。另外，同書〈劉祥傳〉載：「又坐與亡弟母楊別居，不相料理。」當中的「料理」，則有相互往來、關懷、照顧的含意。

以上所舉，都是「料理」在古漢語的主要應用。現代漢語雖然根源於古漢語，但在實際應用上，則多集中於對事情的處理、辦理方面。至於日語「料理」一詞，除了可解作對事情的處理、辦理跟漢語相同之外，還可以表示烹飪或菜式的意思，像中華料理、日本料理、西洋料理之類就是。事實上，作為這一層意思解的「料理」，是日語中非常普遍的慣常用語，這本是漢語所沒有的表達方式，應該是個「國訓」。然而，受日本食物和飲食文化日漸流行的影響，我們不但對「料理」的這層含義不感陌生，甚至以為是漢語中固有的含義呢！

談以「魚」字爲部首的漢字

日本是個島國，四面環海，海產特別豐富；不但產量可觀，而且種類繁多。其中的魚類，更是重要而又廣泛應用的食材之一。在文字

方面，以「魚」字為部首構成的漢字也非常多，有些是漢語中固有的，被日本人借用，因而是中日共同使用的；有些則是根據漢字的構造原理而創製出來的，這類日本人獨創的漢字，日本人稱之為「國字」。

在中日共同使用的「魚」部漢字中，像魟、魛、鮫、魨、鯊、鯨、鯖、鮑、鯛、鱆、鯉、鮃、鮭、鮒、鮪、鮎、蹶、鰻、鱒、鱉，鱏、鱓、鱣、鱟等等，數目相當多。至於日本人獨創的「國字」，為數也不少。如鮗（KONOSHIRO）、鮟（AN）、鯏（ASARI）、鯰（NAMAJI）、鯲（DOJOU）、鰯（IWASHI）、鰰（HATAHATA）、鱈（TARA）、鱛（ESO），鮱（OOBORA）、鮲（MATE）、鯎（UGUI），鯒（KOCHI）、鱚（KISU）等都是日本獨創的「國字」。

但有些時候，中日共同使用的漢字並非指向同一事物。在魚類的名稱方面，也有雙方使用同一漢字，但含義上卻並不一樣，彼此各有所指。譬如「鮪」這個字，日語發音是「MAGURO」，指的是金槍魚，亦即我們一般所説的「吞拿魚」，那是日本人最喜歡吃的一種魚，日本魚生（刺身）中最著名的「TORO」就是指的這種魚脂肪最多的魚腩部分，這種魚在日本可説無人不識。可是在中國，這個「鮪」字所指的卻是另一種魚。《詩經．衛風．碩人》中說「施罛濊濊，鱣鮪發發」，可見「鮪」在中國很早便有記載。根據後人的注釋，牠跟鱣魚同類，而鱣則是大鯉魚，陸璣的《毛詩草木鳥獸蟲魚疏》說「鮪魚形似鱣而青黑，頭小而尖」。無論說法如何，所說的都是淡水魚，決不會是指屬於海魚的金槍魚，日本人借「鮪」來指金槍魚，恐怕是誤用了。

又例如「鮎」這個字，《說文解字》中已有，我們所指的，是一種體滑無鱗，全體狹長有黏質，上下頜均有觸鬚的魚，牠又有鮀、鰋、鮧、鯷、鮷等別名。日本人這個「鮎」字，多用以指發音為「AYU」的一種淡水魚，又稱為「年魚」、「香魚」，是日本的特產，也是廣受歡迎的魚種之一。

除了上述的「鮪」和「鮎」之外，其他如「鰛」讀作「IWASHI」（與「鰯」相同，都指沙甸魚）、「鮹」讀作「TAKO」（指章魚）、「鱧」讀作「HAMO」（指海鰻）等，跟漢語本來指稱的魚不同，都是「國訓」的例子。

是不是指稱魚類的漢字就必以「魚」字為部首呢？不是的，如「穴子」（ANAGO），說的是星鰻，但也沒有用「魚」字作部首。另外，是否凡是以「魚」字作部首的就必是指稱魚類呢？其實也不是，譬如「魞」（ERI）這個國字，它从魚从入，卻並非指稱某一種魚類，而是用來指捕魚用的竹籬，表示一旦魚兒進入就出不來，這真是個很有趣的會意字，這種捕魚工具，古代漢語稱為「罶」(《詩經．小雅．魚麗》:「魚麗于罶。」)，从网从留，同樣是指魚進入其中便留住在內而不能出來的竹籠。又如另一個「鯱」(SHACHI) 字，也是個「國字」，它从魚从虎，卻並非指某一種魚類，而是指傳說中本來存在於伊勢灣的海獸，虎頭而魚身，身和尾向上彎，由於它居於海中，因而有防火作用，將其形態製成瓦片，安放在宮殿、城郭、寺院等屋頂兩端作為裝飾，含有保護房舍的用意，可說是變形自一般屋頂上鴟尾的裝置。

「鰂魚」和「鰂魚涌」

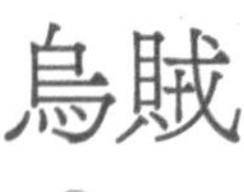

海產之中，魚類的品種繁多，就算並非罕見的魚類，要將之一一識別，說出其名字，也不是易事。加上牠們有學名，有俗稱，亦有因時代不同而存在古今之異，也有因地域差異而各具不同名稱，甚至有同實而異稱，或同名而異實之別，要分辨清楚，殊不容易。

就以「鰂魚」為例，這本來是香港人普遍認識而又經常食用的魚，但其實我們吃的應該是「鯽魚」，而非「鰂魚」。《說文解字》「鰂」字條下說：「鰂，烏鰂魚也，从魚，則聲。」又在「鯽」字條下說「鯽，鰂或从即。」顯然在說「鰂」即是「鯽」，「鯽」即是「鰂」，兩者合而為一，作為同一種魚來看待。但時至今日，則「鰂」、「鯽」分屬兩類，「鰂」音賊（zéi），「鯽」卻音即（jí），兩者所指的也是不同的魚。《說文》中說「鰂」就是「烏鰂魚」，由於「鰂」音賊，所以其後索性以「賊」代替「鰂」，稱之為「烏賊」，亦是一般所稱的「墨魚」。由於牠遇到襲擊或面臨險境之時，就會噴出墨汁來困擾對方，以求逃脫，因而在其名稱上便冠上「烏」或「墨」，以顯示其與眾不同的特點，其實，烏賊的賊性並不強。香港粵語中把「鰂」讀成則，雖然可說是依從《說文》的「从魚，則聲」，但卻沒有顯出「烏」或「墨」的意思，在我們心目中，「鰂」不會是墨魚，而是另一種魚，應該就是我們今天所說的「鯽魚」。

烏賊在日語稱為いか（IKA），由於沒有漢字的寫法，因此就借用漢語中「烏賊」二字，即寫是「烏賊」，讀卻是「IKA」，雖然這兩字也可用音讀的方式讀作うぞく（UZOKU），但一般仍以用「IKA」的發音較為普遍。

香港有個地區叫「鰂魚涌」，也是一個地鐵站的站名。一般人若用粵語來唸，或地鐵到站廣播以粵語播出此站名之時，都會讀

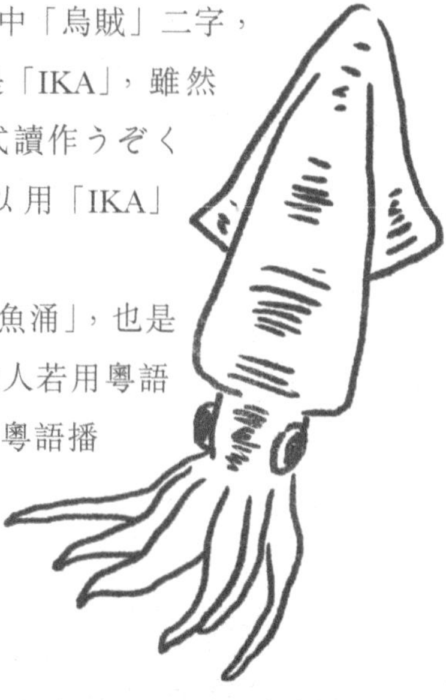

「則魚涌」；但以普通話播出則會唸作「賊魚涌」，兩者並不相同。究竟這個地方得名的由來是跟「烏賊」有關還是跟「鯽魚」有關呢？實有待進一步查考，但估計更有可能跟「烏賊」有關，因該地曾發現不少烏賊，而且這裏近海，「鯽魚」則多屬淡水魚，所以不可能是指「鯽魚」而言。至於這個地方的英文名稱，對我們推敲其中文地名，幫助也不大。

「鰂魚涌」的英文名稱是 Quarry Bay，既與「烏賊」無關，也並非指「鯽魚」。Quarry 是採石場，Bay 就是海灣；Quarry Bay 可說就是「採石場灣」。原來十九世紀之時，該地盛產石礦，有多個石礦場，不少人都在那裏採石，還有人因之而致富，於是該地成為一個著名的採石之所，所以英國人就將之名為「採石場灣」。

香港地名之中，大多數都是中英對譯：有時是意譯，有時是音譯。像「鰂魚涌」與 Quarry Bay 般中英各自命名、採用了兩個毫不相關的名稱，是比較少見的。

源自中國的「駅」

早些時，香港某地產商把其中一個樓盤命名為「城中駅」。由於這個「駅」字並非漢語中既有的漢字，因此有些朋友就猜測「駅」究竟是何種意思。我們到日本旅遊時，常見東京駅、京都駅、大阪駅之類的火車站名稱，可見「駅」在日本是個非常普通的用字，即車站之意。不過，它並非日語中的「國字」，而本來就是個源自中國的正式漢字。

「駅」是日式簡化的寫法，它的正體應該是驛站的「驛」。除了「驛」寫成「駅」之外，其餘「澤」、「擇」、「譯」、「釋」等字，其中「睪」的偏旁都被日本人簡寫成「尺」，變成「沢」、「択」、「訳」、「釈」。由於漢語中沒有這種簡化方式，於是有人便誤以為「駅」是個日語漢字，是個日本的「國字」。

在中國古代，「驛」本來是指行旅中途暫時停留的地方。從秦漢時代開始，便有了頗為完善的驛傳制度，即用驛馬來傳遞文書，所謂驛騎、驛使、驛亭等都跟驛傳有關。元代時軍用郵傳的驛稱為「站赤」，那是照蒙古音而借用漢字來表示的，「站赤」簡稱「站」，成了今天作為車輛停駐之處的北京站、台北站、廣州站等普遍用語。

本來，「站」的意思是「久立也」、「坐立不動貌」（俱見《集韻》），跟粵語的企（如企鵝）或跂（《詩經．河廣》：「誰謂宋遠？跂予望之。」）意義相近，都表示立着的意思。中國古代有一種叫「站籠」的刑具，籠頂有枷架在囚犯的頸上，使之直立於籠中，囚犯往往因久立多日而死亡，這可算「站」有久立之意的一個用例。

作為交通工具停駐之處意思的「站」在元朝只用

了百年左右，竟然替代了用上千多年的「驛」字。由於漢字在隋唐之時傳入日本，那時沒有「站赤」一稱，更不叫「站」，因而一直借用較古老的「驛」字，反而後來在中國本土卻流行用「站」而不用「驛」，還引伸到除車站之外如發電站、茶水站、救護站等一類的說法。現代日本一般的火車站或巴士總站都叫「驛」（EKI），而相距較短的巴士站則往往用外來語 SUTOPPU（即英語的 STOP）來表示。

作爲中央官署的「省」

日本政府的中央官署稱為「省」，如外交部稱外務省，財政部稱大藏省，衛生部稱厚生省，教育部稱文部科學省等。而中國的省則是地方行政單位，如廣東省、廣西省、河北省、河南省等。中日兩國對「省」的用法不同，究竟是甚麼原因呢？

其實，日本稱中央官署為省，也是受我國影響，模仿我國的官署名稱而來的。我國隋唐時有所謂三省之制，三省即中書省、門下省和尚書省的合稱，那是源自漢朝以來歷經變化而出現的制度。在此之前，除中書、門下、尚書之外，其餘集書、散騎、秘書、著作等省，多設於宮禁之中，是宮官，不處理朝政之事。其後才漸次變化，先後有宮官變成朝官，參與朝政。至隋，其中中書、門下、尚書三省，地位更隆，各自的職權亦漸次明朗。唐初，承接隋制，三省鼎足而立，中書掌出令，門下掌封駁，每當察覺中書省所出之令有問題時，門下省即駁回使之再議，待一切妥當後，再交給尚書省下設之吏、戶、禮、兵、刑、工六部去執行。三省的首長是中書令，門下侍中，尚書令（後稱僕射），三者往往同入政事堂共議國政，具有宰相的職能。所以，三省在隋唐時代是個非常重要的職銜，日本中央官署之稱「省」，無疑是倣傚我國隋唐時代的做法。

我國隋唐時代，文物豐盛，國力強大，遠遠超過日本，日本因而先後派出五次遣隋使，十九次遣唐使，來華學習我國的先進文化。特別是唐代，更是他們極力要學習、模仿的對象。日本歷史上著名的「大化改新」，就是一場對日本歷史文化影響深遠的「唐化運動」。不少唐代的典章制度，都為日本所吸收甚至照搬過去。將中央官署稱作「省」，只不過是其中一例而已。

日本引進「省」以稱其中央官署的做法，一直沿用至今，沒有改變，反而我國將之變成地方的行政單位。為甚麼會如此呢？原來元朝時，除中央的中書省外，各地分置行中書省，簡稱行省，成為中書省的派出機構，於是各地都有個中央首長，代表中央權力直達地方，以加強控制。其後，即使中書省在明一朝被罷，中央不再設中書，但地方上仍然沿用行省之稱。明朝、清朝，甚至民國，都在全國設置不同數目的行省。因而，行省或簡稱為省，也就由中央官署變為地方行政單位了。

由「骬」和「髀」說起

音 ひざ

粵語稱膝蓋骨做「膝頭」或「膝頭哥」，「膝頭」還好了解，但「膝頭」之外又加上一個「哥」字就不易理解了，這個「哥」顯然是個訛字。那麼，原本該是個甚麼字呢？其實，它應該是個从骨从可的「骬」字。

《集韻》說：「骬」字的讀音是渴阿切，音珂，歌韻；它的意思是「膝骨」，就是我們今天所說的膝蓋骨。所以「膝頭哥」應該是「膝頭骬」才對。把「骬」寫成「哥」，只是因為「骬」字不常見，而其發音又近「哥」而產生的誤寫而已。

膝頭 sed1 teo4
膝蓋。
膝頭哥 sed1 teo4 go1
同上。

其實，「骬」字早在甲骨文已出現，在甲骨文中，「骬」字寫成「𠁁」的樣子，並非从骨从可，而是从月（肉）从可。換言之，它的寫法便應該是「舸」。這個「舸」字，後世的字書《正字通》有收錄，與「骬」字義相同，都解作膝蓋骨。因此，粵語中的膝蓋骨寫作「膝頭骬」或「膝頭舸」都可以，但絕不能寫作「膝頭哥」。

至於另一個「腿」字，粵語除了稱「雞腿」、「鴨腿」、「大腿」之外，還可稱「雞肶」、「鴨肶」、「大肶」，讀作「雞比」、「鴨比」、「大比」。「肶」字因「比」的發音而來，是個形聲字。雖然寫來比較簡便，但卻不是它的本字，它的本字是「髀」。《集韻》說：「髀，股也，或作肶。」可見「髀」才是它的本字。

「髀」音俾，紙韻。《說文解字》骨部說：「髀，股外也。」又於肉部說：「股，髀也。」段注解釋：「股外曰髀，髀上曰髖。肉部曰：股，髀也，渾言之。此曰髀，股外也，析言之。」可見概括來說，髀就是股，也就一般所說的腿或大腿。

中國古代有本古籍名《周髀算經》，出於商、周之間，是一本用以測定日影的天文用書，也是一本計算勾股弦的數學用書；《隋唐．經籍志》將之列於天文類中，而《唐書．選舉志》則將之列為明算科十種之一。這書相傳成於周公之時，在周地直立表以為股，其影就是勾。由於「股」即是「髀」，因而以「周髀」命名。

時至現代，無論漢語或日語，都沒有用上「骬」、「髀」、「肶」三字，只有粵語還將之保留。粵語所說的「膝頭」或「膝頭骬」，現代漢語就稱做「膝」、「膝蓋」或「膝蓋骨」。日語方面，同樣借用漢語的「膝」字，但以訓讀方式發音「HIZA」。跟粵語一樣，日語也有「膝頭」一詞，讀作 HIZAGASHIRA。至於膝蓋骨，則用「膝皿」二字，讀作 HIZARA；也可寫成「膝骨」

二字，讀作 HIZABONE，全部用訓讀方式發音。

另外，「膝」原來是個俗字，它的本字是「厀」，《説文解字》説：「厀，脛頭卪也，从卩，桼聲。」段註解釋：「在脛之首，股與腳間之卪，故从卪，俗作膝。」「卪」是「卩」的本字，音節，就是使節的「節」字。作為使節，自是拿着本國的符信，往來周旋於列國之間，以協調彼此的關係，增進彼此的了解。「厀」是介乎股（大腿）與腳（小腿）之間的關節，使兩者協調而伸屈自如，也許跟使節的作用有其相類之處吧！至於「厀，脛頭卪也」也可讓我們了解到粵語稱之為「膝頭」有其一定的依據。

至於「髀」或「肶」，現代漢語稱為「股」或「大腿」，「脛」或「小腿」。日語則借用漢字「股」（大腿），發音是 MOMO；「脛」（小腿），發音是 SUNE。「脛」有時也用上「臑」字的，但跟漢語「臑」的意思並不一樣，日語這種特殊的用法，應該是個「國訓」。

牙和歯

牙和齒，我們習慣上不加區別，大都認為牙就是齒，齒就是牙。根據《説文解字》的説法，牙是「牡齒也」，但「牡」這個字，段玉裁注認為「牡」是「壯」之

誤，應該作「壯」才對。他說：「壯齒者，齒之大者也。」即是說：「牙」是壯大的「齒」。至於齒，《說文解字》說「口齗骨也」，所謂「齗」，《說文解字》說「齒本肉」，即我們平常所說的「牙肉」。因此，籠統地說，牙和齒不分，既可稱牙，也可稱齒。但細分起來，則如段玉裁所解釋：「當前唇者稱齒，後在輔車者稱牙，牙較大於齒。」換言之，在我們口腔兩旁的叫牙，前面的就叫齒。雖然細分如此，但我們一般牙和齒不分，統稱之為「牙齒」。

在字典裏，「牙」和「齒」分屬兩部。屬於牙部的字非常少，由《說文解字》以至一般的字典、辭書，牙部應該是最少字的部首之一，就算《中華大字典》中，也只有幾個屬於牙部的字，若以《辭海》而言，則屬於牙部的字，就只得一個，都遠比屬於齒部的字為少。

雖然我們如今一般以「牙齒」連稱，像「咬牙切齒」、「實牙實齒」等都是先稱牙後稱齒，但古人卻往往先稱齒後稱牙，以「齒牙」連用。像《史記．叔孫通列傳》載：「此特群盜鼠竊狗盜耳，何足置之齒牙間。」又如唐韓愈《祭十二郎文》中說：「吾未四十而視茫茫，而髮蒼蒼，而齒牙動搖。」再如宋蘇軾《送劉攽倅海陵》詩有句：「莫誇舌在齒牙牢，是中惟可飲醇酒。」可見「牙齒」和「齒牙」意思相同，牙就是齒，齒就是牙，一般運用起來，並沒有分別。

但在日語中，牙和齒就有較大的分別。「齒」

（HA、SHI）只用以指稱人類的牙齒，指稱其他哺乳動物的叫「牙」（KIBA）。所以我們說的牙痛、牙肉、牙齦、牙科、牙醫、刷牙等，用日語來說，就得說齒痛、齒肉、齒齦、齒科、齒醫者、齒磨（賓語前置）等。在漢語中，既可用「牙」來表示其他動物的牙齒，如象牙、虎牙之類，《詩經》亦有「誰謂鼠無牙，何以穿我墉？」（〈召南·行露〉）的說法；但也可以「齒」來表示其他動物的牙齒，如《尚書·禹貢》中所謂「齒革羽毛」，《史記·貨殖列傳》中提及江南物產「珠璣齒革」，其中的「齒」，指的就是象牙。可見漢語的牙和齒，均可用於指人類或其他動物的牙齒，與日語不同。

一味

音 いちみ

形容人們沒有其他才能，只有某一項專長較為突出，較為特殊，我們一般稱之為「獨沽一味」。例如說：「此人對大多數事物都不感興趣，沒有甚麼專長，只是獨沽一味喜歡數學，所以數學成績特別好。」在粵語中，除了「獨沽一味」之外，「一味」這個詞語還可表示集中精力、專門做某種事情，通常多用於貶義方面。例如說：只會用恐嚇手段令人驚恐，我們會說「一味靠嚇」；只會倚傍他人以謀取利益，我們會說「一味靠黐」；不事生產專向人借貸度日，我們會說「一味靠借」。諸如此類，都是粵語中非常普遍的用法。

其實，「一味」這個詞語，並非粵語口語中才有如此用法，早在宋朝便有這種說法。如朱熹在《朱子全書·學》中說：「力改故習，一味勤謹，則吾猶有望。」其中「一味勤謹」的「一味」，便跟今天粵語「一味」的意思完全相同，同樣表達「只有如此」之意。

以前香港有某牌子暖水壺的廣告，用上「一味靠滾」以作宣傳，可說是一語雙關，令人留下深刻的印象。我們知道，「滾」字在粵語中，包含了很多不同的意思。除了「滾動」、「滾開」、「滾瓜爛熟」等之外，還有「滾水」（開水）、「水滾」（水開了，水沸騰了）、「滾攪」（打擾）、「滾水淥腳」（做事急忙的樣子）、「滾友」（騙子）、「滾」（鬼混或以不正當手段以騙取別人的金錢或感情）等。暖水壺廣告說「一味靠滾」，自然並非「一味靠騙」之意，而在於突出它的保暖效力好，能夠經常保持「水滾」而不易變涼，比其他牌子的暖水壺更為優勝。

這個一語雙關的廣告，頗能收到宣傳之效，效果不錯。但更妙的是：這家售賣暖水壺的店的隔鄰是間鞋店；當前者掛上寫着「一味靠滾」的招牌之時，後者則懸掛起「喜有此履」（「豈有此理」的諧音）的廣告牌，兩者併在一起，好像後者是針對前者而來，相映成趣。

日語方面，也有「一味」（ICHIMI）這個詞語，除了跟漢語有「一種味道」相同的意思外，還可說成「一味の清風」以表達「一股清風」的意思。另外，亦可用「一味」來表示同一伙、同黨的意思。不過，這多數用以指幹壞事者或同流合污的人，如說「一味徒黨」就是跟日語「味方」(MIKATA) 的意思接近，即同伙、同伴的，跟味道無關，這是漢語所沒有的表達方式，可算是日語的「國訓」。

舖頭、店頭、屋

在大型商場和連鎖商店出現之前，粵語之中習慣稱賣米的店舖為「米舖」，稱賣鞋的店舖為「鞋舖」，稱賣金的店舖為「金舖」，稱替人理髮的為「飛髮舖」，稱賣文具的店舖為「文具舖」等。如此類推，賣甚麼的就叫甚麼「舖」，若不叫甚麼「舖」的，也可以叫甚麼「店」。不過，若泛稱一般店舖，則粵語稱為「舖頭」而不會說「店頭」。

很多人可能以為「舖頭」只是口語，書面語該寫作「店子」、「舖子」或「店舖」之類。其實，「舖頭」一詞並不限於現代廣東人所用，在古代已很常見，更非限於口語而已。唐代詩人王梵志有詩說：「自死與鳥殘，如來相體恕。莫養充口腹，莫煞共盤筋。舖頭錢買取，飽噉何須慮。儻見閻羅王，亦有分疏取。」(〈自死與鳥殘〉，以首句為詩題）詩中「舖頭」指的是賣肉的店舖。唐代另一位詩人王建亦有詩說：「自知名出休呈卷，愛去人家遠處居。時復打門無別事，舖頭來索買殘書。」(〈題崔秀才里居〉)，此中的「舖頭」，指的則是賣書的店舖。可見粵語「舖頭」一詞的來源甚古，只是現代語體文比較少用，人們便以為只能用於口語而已。

不但現代漢語中少見，日語中更沒有「舖頭」一詞，但跟粵語相反，有「店頭」一詞。日語的「店頭」，指的是舖面、門市的意思，與粵語「舖頭」稍有不同。日語的店子，除了商店、店舖之外，最普遍的是用「屋」字來表示，如賣肉的就是「肉屋」、賣書的就叫「本屋」(「本」是書的意思）等就是。

「晚頭」不只是粵語方言

粵語稱晚上為「晚頭」、「晚頭夜」或「晚頭黑」，意思都一樣。一般人可能以為這只是粵語的方言口語，其實不然。「晚頭」一詞，早在唐代已出現。日本名僧圓仁（ENNIN，公元 794-864 年）所撰的《入唐求法巡禮行記》中卷一載：「十月三日晚頭，請益、留學兩僧往平橋館，為大使、判官等入京作別，相諮長判官。」這裏的「晚頭」，便是晚上的意思，跟粵語的用法完全相同。

我們知道，圓仁是日本天台宗的高僧，師承另一位曾入唐求法的高僧最澄，於唐文宗年間以「請益師」身份隨遣唐使入唐求法，留唐十年，於唐武宗年間歸國。由於受到唐武宗「會昌滅佛」的影響，他還要假裝還俗才得以返國。在留唐期間，圓仁不但到過揚州、五台、長安等地的佛教名剎，而且遊歷過幾乎大半個中國。最後，他用日記的體裁以漢文寫下他的經歷，撰成《入唐求法巡禮行記》一書。此書雖是日記體裁，卻並非逐日記錄，但從中可了解到不少唐朝時的日常用語。

除了「晚頭」之外，還有「夜頭」一詞。唐詩人王建有首〈華岳廟〉詩，其中有這樣的句子：「上廟參天今見在，夜頭風起覺神來。」而圓仁《入唐求法巡禮行記》卷一載：「十二月廿日，買新曆，夜頭下雪。」可見「夜頭」一詞，早在唐代亦已普遍應用。不過，現今的粵語中還是多用「晚頭」，少用「夜頭」。至於「晚頭夜」、「晚頭黑」只是「晚頭」比較靈活而屬於強調的表達方式，意思與「晚頭」相同。

「晚頭」這個詞語，在現代漢語和日語中都沒有這個說法，只有粵語仍保留着。圓仁既是日本人，他的入唐早在公元十世紀的平安時代初期，他所寫的《入唐求法巡禮行記》亦以漢語書寫，則當中「晚頭」一詞，即使不是當時日語的常用詞，也該是唐代時的慣用語，只是現代漢語和日語都沒有保留下來而已。

不時

不時

音 ふじ

《論語·鄉黨》記載了一段關於對食物要求的話，當中提出多項不可進食的條件和限制，其中之一就是「不時，不食」。所謂「不時，不食」，有兩個不同的解釋：一是指不合時的東西便不該進食；另一則是指進食要按照既定的時間，不按既定時間便不該進食。這句「不時，不食」的說話流行至今，依然耳熟能詳。不過，一般所指都以「不合時」為主，比較少依從「不按時」的解釋。

粵語也有「不時」的說法，除了「不時，不食」這層意思外，它還有另一層用法，就是表示隨時、時時、間中的意思。例如說：「這邊的海岸保安比較鬆懈，不時會有偷渡客出現。」這裏的「不時」，便不會是「不合時」、「不按時」，而是隨時、時時或間中的意思。

表示這種意思的「不時」，不限於粵語，宋明以來便已普遍使用。像蘇軾著名的〈後赤壁賦〉便有這樣的句子：「我有斗酒，藏之久矣，以待子不時之需。」其中的「不時」，就是隨時、間中的意思，正和現今粵語的用法相同。

至於明代小說《金瓶梅》第七十九回中說：「春梅不時常出來書院中，和他閒坐說話。」其中的「不時」，同樣有隨時、常常、間中的意思，亦跟粵語所說的「不時」用法相同。所以，粵語這方面「不時」的意思，可說古已有之，其來有自。

日語也有「不時」（FUJI）一詞，跟《論語》「不時，不食」的用法一樣，表示並非適當的時機；亦可表示隨時、間中的意思，跟蘇軾「以待不時之需」用法相似。這些都跟我們漢語有關。另外，日語中「不時」還可用來表示意料之外，例如沒有想到有這樣的客人來訪，日語會說「不時之來客」，即漢語「不速之客」的意思；至於「飛機不時着陸」的「不時」，是不依照原定的時間，含有被迫降落的意思，這是漢語中所沒有的用法。

計時器爲何稱「錶」？

時計

音 とけい

日本人稱鐘錶為時計（TOKEI），那是因為日語語法是賓語前置的，所以，很多詞語都把謂語放在後面，像賞花叫花見（HANAMI）、賞月叫月見（TSUKIMI）之類就是。因而，所謂時計就是計時的意思，亦即指計時器、計時工具而言，所以枱鐘稱置時計、鬧鐘稱目覺時計、掛鐘稱柱時計、放在手腕上的便稱腕時計等等，諸如此類，都可說是實物的描述，使人一看便明白。

至於我們把計時器稱為鐘錶，則與中國的文化傳統有莫大關係。鐘是報時的工具，會發出聲響；成語「暮鼓晨鐘」就有定時報知的含義。而錶則用以顯示時間，一般不會發出聲響。在中國古代，早已有觀測天體變化的儀器，比世界任何國家都要早。其中觀測日影所用的儀器叫做「圭表」(《周禮》稱之為土圭)，「表」指直立的杆子，「圭」則是平放在地上的座版。當太陽照射到杆子上，杆影便會投射到圭版上，然後，人們逐一把影子刻記，發覺杆影的長短原來每天都不同，到了某一個日子，杆影才又回到原先的位置。於是，從這些變化的周期中，中國人測定了一年有三百六十五又四分之一日，同時，也測定了春分、夏至、秋分、冬至四時的日子，這和《尚書》第一篇〈堯典〉所載「期三百有六旬有六日，以閏月定四時成歲」的說法基本相合。當然，用「圭表」測量日影以編制曆法只是其中的一種方法，還有採用其他方法的。

「圭表」除了能測定一年的日數以外，還可以當作日晷來使用，測定一天的時刻。在一天裏，正午的杆影是最短的，其餘時刻或長或短，我們即可利用杆影的長短變化以測知大概的時間。既然「圭表」的「表」是用來測定時間的，那麼，戴在手上用來顯示時間的自然就應該稱為「手表」了。

由於近代手錶多以金屬製成，因而將手表的「表」字加上金字偏旁寫作「錶」，這個「錶」字在晚清小說中已出現，粵語更將之讀作平聲的「標」音，以與表格、表面之「表」區別。販賣鐘錶的店舖，也將之寫成「鐘錶」、「錶行」，其實「錶」是個後起字，它本來的寫法應該是「表」才對。

此外，關於時間的序列，中國傳統上以半夜為一天的開始，以子、丑、寅、卯、辰、巳、午、未、申、酉、戌、亥等十二個地支作十二個時辰順次排序，現代只有「午」時用得較多，其餘都不大應用。我們固然常說正午、上午、下午，而日本人也有午前、午後的說法。如今，我們不但不再用地支十二時的名稱，而且還將其數加倍，於是一天便有二十四個「小時」，那個「小」字，是相對於十二個時辰而言的。

丈夫和大丈夫

大丈夫

音 だいじょうぶ

漢語「丈夫」一詞，通常是妻子對其配偶的指稱。但在古代，男子成年之後便可稱為「丈夫」。

《穀梁傳・文公十二年》的傳文說：「男子二十而冠，冠而列丈夫，三十而娶。」換言之，男子到了二十歲行過成人禮儀的冠禮之後，即使還未結婚，也應屬於丈夫之列。

《說文解字》在「夫」字之下解釋說:「周制八寸為尺,十尺為丈,人長十尺,故曰丈夫。」人長十尺,自然是指是長大成人而言。《孟子・滕文公下》說:「丈夫之冠也,父命之。」又說:「丈夫生而願為之有室,女子生而願為之有家;父母之心,人皆有之。」正正指出,當男子行冠禮之時,還得有待父親的訓誨。另一方面,男子一生下來,父母都希望他有妻室;女子一生下來,父母都希望他有個好婆家。所有這些,都在說明古代「丈夫」一詞是指成年男子的通稱,而並非用以指妻子的配偶而言。

大概到了宋元時期,「丈夫」才多用以指稱妻子的配偶,例如《水滸傳》第十六回記述一個名為何濤的三都緝捕使,奉太守之命要緝捕黃泥岡上劫走金珠寶貝的賊人,但他毫無頭緒,故回到家中悶悶不已,書中寫道:「只見老婆問道:丈夫,你如何今日這般嘴臉?」妻子以「丈夫」稱其配偶,跟我們今天的用法比較接近。

日語也有「丈夫」一詞,如果將它的發音讀作JOOFU的話,它就有男人大丈夫、才能傑出者之意。要是讀作JOOBU,那它就用以表示事物的牢固、結實或形容身體的健康、壯健的意思。倘若讀成MASURAO的,則意在強調所形容的人是個真正的男子漢,跟我們所說的男人大丈之意較為接近。雖然日語「丈夫」一詞隨着讀音的不同而有意義上的分別,但在一般的應用上，則以讀JOOBU來表示事物的堅固或身體的健康、結實較為普遍。譬如日語說「丈夫な家」(JOOBU NA IE)、「丈夫な身體」(JOOBU NA KARADA)，翻譯成漢語，自不應譯成「丈夫（擁有）的房子」、「丈夫的身體」，而該譯成「堅固的房子」、「健康、結實的身體」才對。日語「丈夫」的這層詞義，是漢語所沒有的，無疑應該屬於「國訓」之列。至於像漢語般作為妻子稱其配偶為「丈夫」，則不是日語一般的用法。

另外，漢語「大丈夫」一詞，是指為人正派、富正義感，並有一定的抱負，具有堅強的意志，不會受外在任何情況影響而有所動搖。《孟子．滕文公下》說：「居天下之廣居，立天下之正位，行天下之大道。得志，與民由之；不得志，獨行其道。富貴不能淫，貧賤不能移，威武不能屈，此之謂大丈夫。」這就是對「大丈夫」一詞最正面的解釋，也可說幾乎是唯一的解釋。日語也有「大丈夫」一詞，如果它的發音讀作DAIJOOFU的話，那它的詞義就跟漢語接近，甚至可說是依從漢語的解釋，是指英雄好漢、男人大丈夫的意思。但如果讀作DAIJOOBU的話，那它的意思就跟漢語完全不同了。它表示不要緊、不相干、靠得住、沒關係、一定行等意思。譬如你走路時突然跌倒，別人關心地問：「你大丈夫嗎？」你回答：「大丈夫。」表示自己沒有甚麼大礙。這層意思的「大丈夫」，在日語日常對話中的應用非常普遍，卻是漢語所沒有的表達方式，所以，這也該是個「國訓」了。

先生與太太

在古代漢語裏，「先生」一詞可指父兄，如《論語・為政》說：「有事弟子服其勞，有酒食，先生饌。」有指老師的，如《孟子・離婁上》說：「先生何為出此言也？」有指長輩或值得尊敬的人，如《孟子・告子下》說：「先生之志則大矣，先生之號則不可。」到了現代漢語，「先生」一詞，應用範圍就更為擴大。除了對老師或對尊敬的學者或前輩，不分男女，都可以作為尊稱。而一般習慣上，妻子亦可稱其丈夫為「先生」。

日語「先生」一詞，跟我國古代漢語的用法比較接近，對老師、醫生、律師、藝術家等專業人士，也不分男女，都可以稱之為「先生」，是個含有敬意的用語。不過，日語中並沒有妻子對他人自稱其丈夫為先生的用法。

日本女士對人自稱其夫為「主人」(SHUJIN)、「旦那」或「檀那」(DANNA)。「旦那」或「檀那」是個佛教用語，是施主的意思，無論用主人抑或施主來稱丈夫，反映日本有其男尊女卑的傳統，與現今社會要求男女平等的觀念並不相合。

另外，我們現代人習慣對人稱自己的妻子為「太太」，但古代「太太」的用法稍有不同。過去只有位居士大夫或具有官職的人，其妻子才可被稱為「太太」，也是一種敬稱。現代已無此限，一般人都可稱自己的妻子為「太太」了。日本對人自稱其妻為「家內」(KANAI)，有點跟我們夫婦互稱「內子、內人」和「外子、外人」相似，但事實上，現代社會再無「男主外，女主內」之分，我們只要看看現今社會無論政府高官、企業高層，以致一般職位，不少都由女性出任，基本上已是男女平等，再無內、外之別了。至於在過去社會中男子稱其妻為拙荊、賤內之類，表面上好像說來自謙，但實際上是一種侮辱性的說法，是絕對不可以用的。較為平等的說法，似乎夫婦互稱先生、太太之外，依世俗以老公、老婆相稱便可以了。

還有，日語中絕不可以稱自己的妻子為「太太」。單一個「太」字，日語有肥胖、粗大的意思，作為日本非常普遍食品的壽司之中，有一款名為「太卷」(FUTOMAKI) 的，多以瓜果置入米飯之中，看起來比用魚生肉置其中的較為粗大些，因而稱之為「太卷」。日語「太太」則是個形容詞，其發音讀作 FUTEBUTESHII，跟發音為 ZUUZUUSHII 的「図図」詞義接近，都是形容人們目中無人、毫不客氣、厚顏無恥等意思，是個貶義詞，怎可以用來自稱其妻呢？

譯詞和借詞

津波

音 つなみ

在使用不同語言的人之間，為了溝通，必須通過翻譯以幫助雙方互相了解。一般來說，凡是在彼此的文化中都存在的事物，那就比較容易進行對譯。譬如你有 Apple，我有蘋果，那麼把 Apple 譯成蘋果，就非常簡單、直接、容易明白。但只一方有，而另一方沒有的，翻譯起來就比較複雜、困難，特別是要表達一些抽象性的概念，由於沒有對等的表達方式，譯起來便殊不容易了。

詞語的翻譯通常分意譯和音譯，如果彼此的書寫系統都屬於拼音文字的，大底以音譯為主，有時甚至直接借用其語音或採用其拼法，像英語中來自法語的詞語，如 divorce、flux、Madame、garage、limousine 之類便是。要是原詞屬於非拼音文字的，那就構擬比較接近的讀音，如英語中源自漢語的 kowtow（叩頭）、lychee（荔枝）、kung fu（功夫）、coolie（苦力，即粵語稱從事體力勞動的搬運工人為「咕喱」，有人以為是 coolie 的譯詞，其實 coolie 反而是譯自「苦力」的）等；來自日語的 rickshaw（人力車）、judo（柔道）、sushi（壽司）、samurai（日語漢字是「侍」，即日本的武士）等，都是擬音相同或接近的音譯詞，可稱之音譯借詞，多數屬於具有原語本土特色的詞語。但當中亦有並非本土才有的，典型的例子如英語的 tsunami 一詞，原是個日語詞彙，它是日語漢字「津波」的發音，意思是海嘯。海嘯自然非日本獨有，然亦被借入英語詞彙之中。所有這些，都可稱為音譯借詞，或直稱之為借詞。

漢語的書寫系統是非拼音文字的漢字，表義性比較強，在翻譯外來語的時候，跟拼音文字不同，除了要表示特殊概念的佛教用語如「般若」、「陀羅尼」、「菩提薩埵」、「僧伽藍摩」之類的音譯詞外，大多都採用意譯而棄用音譯。即使最初翻譯時用的是音譯，但發展下來，最終還是採用了意譯的做法，譬如現代漢語中的「伯里士天德」(president)、「德謨克拉西」(democracy)、「賽因斯」(science)、「巴力門」(parliament)、「烟士比利純」(inspiration)、「狄克維多」(dictator)、「依康老密」(economy)、「優尼維實地」(university) 等音譯詞，現在都統統用意譯詞「總統」、「民主」、「科學」、「國會」、「靈感」、「獨裁者」、「經濟」、「大學」等來代替。這是因為音譯詞並不符合漢語的內部結構規律，加上漢字的表義性特別強，故而將音譯詞變成意譯詞後得以廣泛流行。

由於中日兩國都屬於漢字文化圈之內，因而過去固然有不少漢語詞語借到日本去，現代漢語中也有大量從日語引入的詞彙，像「立場」、「場合」、「見習」、「主觀」、「客觀」、「引渡」、「取締」、「景氣」、「保險」、「階級」、「政黨」、「抽象」、「具體」、「幹部」、「批判」、「派出所」等詞彙，都是從日本借用過來的。當中，如果本來是外來詞的，那在日語中便是個譯詞，但漢語借過來之後，由於中日兩國都用漢字，而且並沒有經過翻譯的程序，讀音也各依本國的語言，所以便應該將之視作借詞而非純粹的譯詞了。

有時候，也不一定要在你有我無的情況下才用到借詞的，往往也可能因為商業上的需要或者貪新鮮、好標奇立異之故而以借詞代替本身原有的用語。譬如以英語的「超級市場」代替我們的「自助商場」；以日語的「祭」、「料理」、「放題」、「水着」、「大出血、大安賣」代替我們的「節日」、「菜餚、烹饌」、「自助餐」、「泳衣」、「大減價」等都是其例。

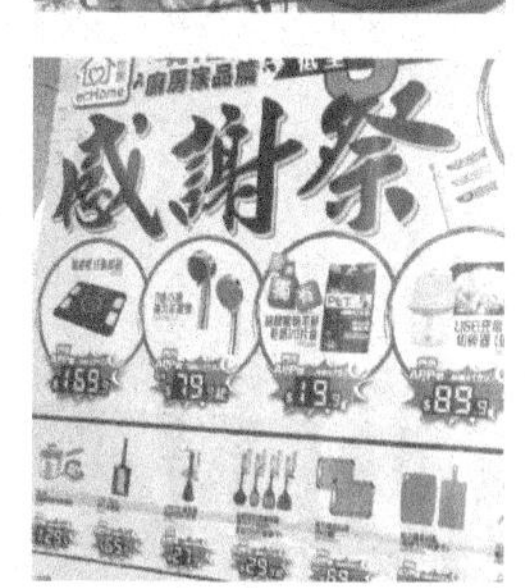

中日字詞趣談

中文，日文，傻傻分不清？

責任編輯
郭子晴

裝幀設計
簡雋盈

排　版
陳美連

印　務
劉漢舉

出版
中華書局（香港）有限公司
香港北角英皇道四九九號北角工業大廈一樓 B
電話：(852) 2137 2338
傳真：(852) 2713 8202
電子郵件：info@chunghwabook.com.hk
網址：http://www.chunghwabook.com.hk

發行
香港聯合書刊物流有限公司
香港新界荃灣德士古道 220-248 號
荃灣工業中心 16 樓
電話：(852) 2150 2100
傳真：(852) 2407 3062
電子郵件：info@suplogistics.com.hk

版次
2022 年 5 月初版
2023 年 6 月第 2 次印刷

規格
32 開（190mm × 130mm）

ISBN
978-988-8760-99-2